Petra Gilson-Sehrt

Jule Geschichten

Petra Gilson-Sehrt

Jule Geschichten

Erzählung

© 2025 Petra Gilson-Sehrt

Verlag: BoD · Books on Demand GmbH, Überseering 33,

22297 Hamburg, bod@bod.de

Druck: Libri Plureos GmbH, Friedensallee 273,

22763 Hamburg

ISBN: 978-3-8192-8133-4

RUHE UND FRIEDEN ... DAS ROTE DACH ...

DER WANDERER ... RUPERT DER BÄR ...

DER ABSCHIED ... SCHULWEGE ...

BEKEHRUNG ... SO WITZIG WAR DAS NICHT ...

GEGEN DEN STRICH ... DER WIND PFEIFT ...

DIE PRÜFUNG ... DER ROADTRIP ...

DAMALS WUSSTE SIE DAS NICHT ... BIS SPÄTER ...

CASABLANCA ... IN VOLLEN ZÜGEN ...

KEINE WENDUNG ... NUN SEI DOCH MAL STILL ...

DER SPAZIERGANG ... DIE BLÄTTER FALLEN ...

VOM HIMMEL GEFALLEN ...

MIT DER ZEIT KAM DIE ÜBUNG ...

DIE SACHE MIT DEM SCHLÜSSEL ...

ZUM GREIFEN NAHE ...

ICH PUTZE, ALSO BIN ICH ...

DARÜBER SPRECHEN WIR NICHT ... SPRACHLOS ...

STEHENBEIBEN

RUHE UND FRIEDEN

Das hat nichts mit Rache zu tun, aber der Gedanke drängt sich auf. Jule sieht sich die Gräber an. Am liebsten hätte sie die beiden direkt nebeneinander gehabt. Daran hatte sie vor zehn Jahren allerdings noch nicht gedacht, sie hätte einen weiteren Liegeplatz bei der Friedhofsverwaltung reservieren können. Das Grab ihrer Mutter war das dritte einer neu begonnenen Reihe gewesen, links von ihr noch alles frei. Jetzt natürlich nicht mehr. Der Vater musste also auf dem benachbarten Areal untergebracht werden, immerhin in Rufweite oder besser in Sichtweite, neben der drei Mann hohen Kiefer. Bäume hatten ihm immer viel bedeutet. Die Mutter zog es vor, in den unverstellten Himmel zu schauen. Sie lag dann gerne auf dem Rücken und sah hoch, folgte sehnsuchtsvoll dem Flug der Vögel und liebte das leise Brummen eines Flugzeuges aus weiter Ferne.

Jule streckt die Füße von sich, lehnt sich an, die Bank ist sauber. Eine Frau mittleren Alters hantiert am Brunnen mit der Gießkanne. Der Blick wandert wieder zu den Gräbern ihrer Eltern. Die Bepflanzung ist ähnlich: Contoneaster mit roten Perlen, ein kleiner Rosenstrauch, ein kleiner Rhododendron. Nur nicht

Primeln oder Stiefmütterchen in Reihen. Würden sie beide nicht mögen.

Es fängt an zu nieseln, ganz leicht. Es macht ihr nichts aus in ihrer kleinen Laube. Es ist mild, vielleicht schon an die fünfzehn Grad. Über ihr der kleine Dachvorstand, der an die Bank geschraubt ist. Die roten Schindeln erinnern sie an ihr Puppenhaus von einst.

DAS ROTE DACH

Ihr Vater liebte es, mit Holz zu arbeiten. Alle Teile hatte er eigenhändig zurechtgesägt und in geduldiger Feinarbeit zusammengezimmert, immer abends nach dem Dienst. Das Klopfen und Hämmern von Ferne aus dem Schuppen hatte sie damals über Wochen in den Schlaf begleitet.

Genauso wie das leise Rattern der Nähmaschine. Die Vorhänge, Bettbezüge, Decken und Wandteppiche wurden ebenfalls von Hand gefertigt, diesen Part übernahm die Mutter. Manchmal hörte Jule ihr leises Summen, es waren die gleichen Melodien, die sie ihr zum Einschlafen vorsang.

Dass sie zu Weihnachten ein Puppenhaus mit einem roten Dach bekommen würde, hatte sie sich sehnlich gewünscht. Wie es genau aussehen würde, sollte die Überraschung sein.

Und was für eine! Ihre Eltern hatten jedes Zimmer mit einer anderen Tapete versehen: das wiederkehrende Motiv von zu Sträußen gebundenen kleinen pastellfarbenen Luftballons für das Kinderzimmer, gestreift mit goldenem Samt für das Wohnzimmer, der Korridor war azurblau. In der Küche stand ein Geschirrschrank, die Tür ließ sich öffnen und zum Vorschein kamen sechs winzig kleine Teller mit passenden Tassen und Untertassen aus richtigem Porzellan. Sie hatten sogar ein Spülbecken eingebaut, in dem man das Puppengeschirr abwaschen konnte, mit echtem Wasser. Neben der Garderobe hinter dem Eingang hing ein ovaler Spiegel und im Wohnzimmer gab es einen Kamin mit einer Ofenklappe, die man mit zwei Fingern auf und zu machen konnte, um Holzstückchen hineinzutun. Den Puppenvater setzte Jule gerne in die rechte Couchecke unter die Stehlampe. Wenn sie vorsichtig an dem Bändel zog, gab es einen feinen Lichtkegel und er konnte die Zeitung lesen. Er trug dann seine dunkelblaue Hausjacke.

Vater, Mutter, Kind, es gab auch noch ein Geschwister, einen kleinen Bruder. Den ließ sie auf seinem Dreirad durch den langen Korridor fahren. Die Mutter stand in der Küche, die Tochter saß am Küchentisch. Eine von vielen Varianten.

Natürlich spielte sie nicht jeden Tag mit den Puppenhauspuppen. Aber wenn sie am Ende eines Tages nach den abendlichen Ritualen wie Waschen und Zähneputzen von Mutter oder Vater ins Bett gebracht und mit einer kleinen Geschichte oder einem gesummten Lied auf die Nacht eingestimmt wurde und schließlich die Tür im Rausgehen einen Spalt offengelassen wurde, dann kam der Moment. Der Moment, in dem sie im Lichtkegel des Flurlichtes das schimmernde rote Dach ihres

Puppenhauses betrachtete und wusste, ihre Puppenfamilie schläft bereits.

DER WANDERER

Diese Phase der Kindheit nahm mit dem Umzug ein jähes Ende. Sie sollte eingeschult werden. Nicht in Ringwood, sondern in Günzburg. Der Vater war plötzlich kein britischer Soldat mehr, sondern Finanzexperte einer amerikanischen Firma mit Sitz in Bayern. Das alte Familienauto hatten sie in Southampton zurückgelassen. Ein Wanderer, groß, schwarz, majestätisch. Die Londoner Taxis waren ein Witz dagegen. Jule hatte es sich oft auf der samtenen Hutablage gemütlich gemacht. Manchmal winkte sie den Autofahrern hinter ihnen zu und oft genug wurde lachend zurückgewunken.

Sie konnte sogar aufrecht durch den Wagen gehen, das Dach war hoch genug. Manchmal spielte sie Zirkus mit den Nachbarhunden Brakken und Gilly, eine gelehrige Labradorhündin und ein geduldiger Dalmatiner. Sie folgten ihr dann auf ihrem Parkour durch den riesigen verwilderten Garten, in dem man morgens oft noch die Kuhlen sah von den Wildpferden, die dort geschlafen hatten. Der Tanz durch den Fond und schließlich der elegante Schwung auf die Motorhaube bildeten den krönenden Abschluss. Einmal auch auf einem Foto festgehalten, vielleicht von der Mutter mit ihrer Vogtländer. Alle drei sitzen vorne auf dem Auto und schauen zufrieden in die Kamera. Jule als dreijähriger Lockenkopf mit karierter Latzhose in der Mitte, die beiden Hunde mit heraushängender Zunge rechts und links an ihrer Seite.

In Süddeutschland angekommen kauften sich die Eltern einen himmelblauen Volkswagen. Wieder wurde ein Foto gemacht. Es entstand gleich nach dem Kauf, noch auf dem Gelände des Autohändlers. Der Vater im Anzug hat den rechten Arm auf das Autodach gelegt und den anderen um die Schultern der Mutter. Jule steht in der Mitte davor, sie reicht ihren Eltern nun schon bis zum Bauchnabel. Ihre Haare erscheinen glatt, Seitenscheitel, kleiner Pony, Strümpfe, Kleid, Mäntelchen. Bei der Mutter sticht der 60er Jahre Look besonders ins Auge. Hochtoupiertes Haar, Webpelz, Slingpumps. Eine Kleinfamilie; vielleicht glücklich und stolz.

RUPERT DER BÄR

Ein Fernseher hielt Einzug und spätestens, wenn die Tages-schau Melodie zu hören war, musste Jule ins Bett. Sie machte sich inzwischen allein fertig, gab den Eltern im Wohnzimmer einen Gutenachtkuss und blätterte dann noch etwas in ihrem Buch, meistens war es „Rupert, The Bear". A4-Format mit Bildern von Tieren, die wie Menschen gekleidet waren und auf zwei Beinen gingen. Rupert war Freund und Bruder, sehr klug, sehr höflich. Er besaß eine kreatürliche Freundlichkeit allen anderen gegenüber, die ausnahmslos war. Und er hatte tolle Einfälle.

In Nutwood, wo er mit seinen wunderbaren Eltern lebte, passierten mysteriöse Dinge. Kobolde veränderten das Aussehen der Ahornbäume, Höhlengänge führten in wissenschaftliche Labors, Wolken konnten sich nicht am Himmel halten und plumpsten auf die Erde. Mitunter schien die Welt aus den Fugen.

Das Beruhigende aber war, dass man sich hundertprozentig auf Rupert verlassen konnte. Er und seine Freunde würden herausfinden, was hinter dem Problem steckte, sie würden diskutieren, sie würden Theorien aufstellen, sie würden ihre unterschiedlichen Begabungen nutzen und sich gegenseitig unterstützen. Sie würden alles wieder herstellen, wie es zu sein hatte. Die Welt war am Ende einer Geschichte zuverlässig in Ordnung. Was streckenweise für Verunsicherung gesorgt hatte, vielleicht sogar Befürchtungen und Ängste wachgerufen hatte, verpuffte. Der sprechende Baum, dessen Stamm sich zu einer furchterregenden Grimasse verzogen hatte, wurde zu einem friedvollen Informationsgeber. Rupert stellte ihm kluge Fragen, hörte geduldig zu und befolgte dessen Hinweise. Alle waren gerettet.

Gelb-schwarz karierte Hose, wehender Schal und roter Pullover, sommers wie winters. Das war Jule allerdings erst sehr viel später aufgefallen. Dass er nicht gefroren hat? Oder geschwitzt? Auch die anderen waren unveränderbar. Bill Badger, der Dachs, der rechnen konnte, Edward Trunk, der Elefant, der nicht aus der Ruhe zu bringen war, Ping Pong und Raggety, die Zauberkräfte hatten. Sie befanden sich dann irgendwann zusammen mit ihrem Freund und Anführer auf einem Regalbrett, das man ohne Stuhl oder Leiter gar nicht erreichen konnte. Einen Bruder oder Freund wie Rupert sollte es in Jules echtem Leben nicht geben.

DER ABSCHIED

Auch das Puppenhaus war weg, die Puppenfamilie, die Möbel, das Geschirr, die Stehlampe, die Teppiche, die Vorhänge, die samtene Tapete, das glänzende rote Dach, das beim Einschlafen im Lichtkegel des Flurlichtes zu ihr herübergeschimmert hatte. Alles weg. Es hatte den Umzug nicht geschafft. Jule verdächtigte ihre Eltern der Nachlässigkeit, der Gedankenlosigkeit oder Schlimmeres, wofür sie keine Worte hatte. Sie fragte Mutter und Vater, auch unabhängig voneinander in der Hoffnung, so mehr herauszubekommen. Die Antworten aber machten alles nur noch schlimmer. „Vergessen." „Den Nachbarn gegeben." „Du bist doch aus dem Alter längst raus." Es passte alles nicht zusammen. Irgendwann fragte sie nicht mehr.

Sie strengte sich an, die letzten Tage in England ins Gedächtnis zurückzurufen. Sie hatte mit den Nachbarskindern auf einer Mauer gesessen, dahinter waren Kohlengewesen, und hatte sie sich verabschiedet? Sie hatte die Hunde gestreichelt und ihre Nase in deren kurzes, nasses Fell gesteckt, zum Abschied? Viele Jahre später würde sie noch einmal nach ihrem einstigen Elternhaus suchen und nichts als überwucherte Flächen finden. Auch keine Nachbarn, die man fragen könnte. Ihre Freunde würden sie zur Weiterfahrt drängen. „Lass es. Denk' an was anderes. Wir haben doch jetzt alles abgesucht. Dein Haus gibt es nicht mehr.“

SCHULWEGE

Das Haus in Bayern gab es hingegen noch. Der Weg zur Schule führte über helle Schottersteine, ein Bürgersteig würde noch gebaut werden. Der Vater war immer schon im Büro, wenn sie losging mit ihrem roten Ranzen auf dem Rücken. Die Mutter winkte ihr manchmal hinterher.

Auf dem Heimweg nahm Jule mitunter die Abkürzung über den Friedhof. Wenn sie hinter der großen Glaswand an der Kapelle eine aufgebahrte Leiche vermutete, lief sie so schnell über den Kies, dass sie Angst hatte, jemanden zu stören mit dem höllischen Krach, den ihre Füße machten. Der Weg nach Hause war nicht immer leicht. Es gab Kinder, die einem auflauerten, einen schubsten, watschten, mitten ins Gesicht, unverständliche bayrische Worte brüllten, die Nase umdrehten. Die blutige Nase erklärte sie mit einem Ausrutscher am Hang, ein Busch sei im Weg gewesen.

Schwester Annunziata, ihre Handarbeitslehrerin, begleitete sie manchmal ein Stück. Sie war sehr groß in ihrem dunklen Gewand und machte lautlose riesige Schritte, ohne viel von ihren Füßen zu zeigen. Sie hatte eine wunderbare weiße weiche Haut. Jule durfte sie an der Hand halten.

Ihren achten Geburtstag feierte sie mit einem Mädchen, das sie gar nicht als ihre Freundin empfand, aber ihr war, anders als ihren Schulkameradinnen, nur ein Gast erlaubt worden. Auf die Schnelle war ihr niemand sonst eingefallen, als die, die den gleichen Schulweg hatte.

BEKEHRUNG

Jules Mutter lag dann sogar während dieser unseligen Geburtstagsfeier im abgedunkelten Schlafzimmer. Erst viele Jahre später sollte sich erschließen, was „nervöse Unruhe" bedeutete. Wenn der Vater auf Geschäftsreisen war, wurde es schlimmer. Wenn die Mutter am Esszimmertisch saß und ins Nichts starrte, wurde es zu Jules Aufgabe, sie abzulenken. Sie spielten dann „Mensch ärgere dich nicht" oder Jule erzählte Märchengeschichten.

Viele Erzählungen aus dem Religionsunterricht beschäftigten sie lange über die Schulstunde hinaus. Auch die leise Stimme mit dem gerollten „r" und der Anblick des Fräulein Schaich, die ihr dunkles Haar so glatt und glänzend am Kopf anliegen hatte, dass es wie aufgemalt aussah. Der Dutt im Nacken schien ebenfalls unbeweglich. Die Geschichten handelten von Menschen, die für ihre Sünden bestraft wurden. Der Vater, der im Jähzorn sein Kind schlug, stürzte vom Baugerüst. Die Mutter, die zu faul war, für die Familie Essen zu kochen, wurde im Wald von einem tollwütigen Fuchs gebissen.

Im Vorgespräch wegen der anstehenden Kommunion begriff Jule, dass ihre Mutter die Teilnahme an der Prozession verhindern wollte. Aber gegen die Lehrerin hatte sie keine Chance. Jule ging ja auch schon seit längerem allein in die Kirche. Als ihre Mutter sie einmal auslachte und meinte, dass sie den Glauben mit all seinen Vorschriften etwas zu ernst nehme, betete Jule gleich weitere zehn Ave-Maria, die verhindern sollten, dass der Teufel ihre Mutter eines Tages holen würde.

Jule verstand nicht, warum ihre Mutter tagaus tagein litt. Ihre Leidensmiene, die Tonlage klagend, die Körperhaltung gebeugt, die Bewegungen in Zeitlupe. Mit der flachen Hand auf dem Bauch schlich sie in dem großen Bungalow zwischen den Zimmern umher. Im schummrigen Licht. Es war wie ein Fluch.

SO WITZIG WAR DAS NICHT

Der Umzug in den Norden verhieß Gutes. Ein neues Haus, diesmal mit drei Stockwerken und großzügiger Wendeltreppe. Ein neuer Job für den Vater, mit noch mehr Verantwortung und noch höherem Verdienst. Eine neue Schule für Jule, neue Nachbarn, vielleicht Freunde, vielleicht Heilung für die Mutter. Das Kinderzimmer war nun das Zimmer eines Teenagers geworden, mit Kassettenrecorder und bunten Postern an der Wand, ungünstigerweise befand es sich direkt neben dem Elternschlafzimmer.

Sie liegt reglos auf ihrem Bett und traut sich kaum Luft zu holen. Sie horcht: Nichts mehr zu hören. Die Eltern schlafen. Endlich. Sie hat seit Stunden auf diesen Moment gewartet. Der Vater ist schon nach wenigen Minuten still gewesen. Er hat noch etwas Unverständliches gemurmelt, sich dann in die richtige Position gebracht, vermutlich linke Seite, eine Hand unter dem Kopfkissen. Ihre Mutter, rechts von ihm am leicht geöffneten Fenster, hat noch gelesen und geraucht. Dann ist das Licht ausgegangen, kein Klicken des Feuerzeugs, kein vorsichtiges Umblättern der Buchseiten mehr. Still. Der Geruch des Zigarettenrauchs hängt noch in der Luft.

Jule bleibt zunächst mit dem Rücken auf der Matratze liegen und schiebt vorsichtig ein Bein nach dem anderen unter der Decke hervor. Sie setzt die Füße auf den Teppichboden und gleitet aus dem Bett, langsam, nahezu lautlos. Sie ist nun wieder hellwach, ihre Sinne drohen zu zerreißen, der Magen rebelliert, der Mund ist trocken, sie kann kaum schlucken. Sie verharrt im Flur und horcht, sie hört das regelmäßige, wenn auch unterschiedlich klingende Atmen ihrer schlafenden Eltern. Am liebsten hätte sie deren Tür geschlossen.

T-Shirt und Jeans hat sie schon angezogen. Schuhe braucht sie nicht. Draußen ist es warm genug. Sie hangelt sich am Eisengestänge in der Mitte der Wendeltreppe entlang. Sie ist geübt. Im Erdgeschoss eine sanfte Landung. Pause. Innehalten. Nochmals horchen. Ok, oben alles ruhig. Jule konzentriert sich auf ihre Atmung, schließt den Mund. Das Schlimmste ist geschafft. Sie weiß, dass sie jetzt nicht übermütig werden darf. Oben ist wirklich alles still? Ja. Weiter durch den Flur, mit den nackten Füßen behutsam über die herumstehenden Schuhe getastet, die Hände sicherheitshalber nach vorne ausgestreckt. Sie lächelt in sich hinein, sie ist jetzt im Wohnzimmer. Die Terassentür lässt sich beinahe geräuschlos zur Seite schieben. Für ihre schmale Gestalt braucht es nur einen Spalt, den lässt sie einfach offen. Sieht man kaum. Sie tapst durch den Garten, dreht sich noch einmal um. Nirgendwo Licht, kein Laut, die Eltern schlafen. Sie klettert über das abgeschlossene Gartentor, kein Quietschen der Scharniere, gut. Eine Katze hätte es nicht eleganter hinbekommen. Sie steht auf dem Bürgersteig, hüpft auf die Straße und beginnt langsam zu laufen. Sie hätte laut schreien mögen. FREI!

Kein Mensch weit und breit. Die Häuser schlummern im Mondschein, friedfertige Kameraden. In den Gärten alles still. Kein Hund, keine Katze, kein Rasensprenger. Neben einer Straßenlampe wuchert ein riesiger Busch über den Zaun. Himmelbauer Flieder! Sie bricht eine Handvoll Zweige ab, steckt ihre Nase in die Blüten, geht weiter, nimmt den Strauß mit.

Vor ihr der Abzweig zu den Feldern. Sie fühlt den Sog und folgt ihm Richtung Wald. Sie genießt das Kitzeln des feuchten Grases unter den Füßen. Ihre Augen erkennen Silhouetten von Büschen und Bäumen am Wegesrand. Das Gesicht des Mondes begleitet sie, die Venus ist nicht zu sehen. Von einer Sekunde zur anderen schlägt die Stimmung um. Panik überfällt sie. Sie macht kehrt, rast zurück, da, das erste Haus, kaum hat sie den geteerten Weg unter den Füßen, beruhigt sie sich wieder. Sie dreht sich nochmals um, schaut in die schwarze Höhle der Feldmark, vergewissert sich, dass ihr niemand gefolgt ist. Jule weiß um ihr irrationales Gebaren, lädt sich aber immer wieder dazu ein.

Sie schlendert nach diesem suggerierten Abenteuer durch die Straßen und schaut zwischen Buschwerk hinter hüfthohen Jägerzäunen in die sorgfältig bepflanzten Gärten. Und da, Jule bleibt stehen und staunt: eins, zwei, drei, vier, fünf, sechs Gartenzwerge, gut zu erkennen mit ihren leuchtend rot, gelb und blau angestrichenen Mützen! Sie schleicht sich durch das offene Vorgartentürchen an sie heran, geht in die Hocke und nimmt sie einzeln auf. Grinsende Gesichter schauen sie an, Lachfalten um die Augen. Jule löst die Reihe auf und arrangiert einander zugewandte Grüppchen. Sie richtet sich auf, tritt einen Schritt zurück, betrachtet ihr Werk und stellt sich vor, wie die kleinen Kerlchen miteinander plaudern.

Zufrieden verlässt sie den fremden Vorgarten und schlendert ziellos weiter. Das Röhren des herannahenden Mopeds lässt sie aufschrecken. Aber sie ist fix. Er hat sie nicht bemerkt. Sie möchte vor Schmerzen schreien. Reißt sich aber zusammen. Sie hat in irgendwas mit Dornen gegriffen. Das Versteck war ok, aber ihre Hand blutet. Langsam kühlt die Nacht weiter ab, sie beginnt zu frösteln. Wo hat sie nur den Fliederstrauß gelassen? Sie findet ihn auf dem Gehweg, greift den Strauß und macht sich auf nach Hause. Als sie um die Ecke biegt, bleibt ihr das Herz stehen. Alles hell erleuchtet.

Notarztwagen. Die Mutter hatte einen Nervenzusammenbruch. Sie liegt auf einer Trage. Man hat ihr ein Beruhigungs-
mittel gegeben und sie nimmt die Tochter kaum wahr. „Da bist
du ja", murmelt sie. Der Vater steht da mit hängenden Schultern, er legt einen Arm um Jule: „Komm, wir stellen die Blumen
in eine Vase. Morgen kommen die Tanten zu Besuch."

GEGEN DEN STRICH IN BERLIN

Tante Jutta tauchte auf den Familienfeiern nicht auf, aber es wurde über sie geredet. „Die Verrückte", hieß es. Oder „die war schon immer gegen den Strich." „Wovon lebt sie überhaupt?" Fragender Blick in die Runde, Schulterzucken, eine wegwerfende Handbewegung. Themenwechsel.

Und nun, im Alter von dreizehn Jahren, sollte Jule sie kennenlernen. Sie wurde von den Eltern am Flughafen abgeliefert und etwa eine Stunde später von der Großmutter in Berlin Tempelhof in Empfang genommen.

„Kindchen, wie siehst du denn aus?", rief diese mit entsetzter Stimme, kaum dass Jule die Absperrung verlassen hatte. Dann gab es viele kleine Küsschen auf die Wange. „Hast du kein Zopfgummi?" „Mach' wenigstens diesen schlabbrigen Mantel zu." Jule orientierte sich damals an Sängerinnen wie Janis Joplin und Joan Baez, politisch und auch optisch. Sie freute sich über den deutlichen Kontrast zu ihrer Oma, die das Haus grundsätzlich nur im Kostüm mit passender Handtasche und dazugehörigem Hut verließ.

Gleich am nächsten Tag sollte es zu Tante Jutta gehen, leider nicht im Beiwagen von deren Motorrad. „Zu eng und zu gefährlich mit dem Kind", Jule hatte gehört, wie die beiden telefoniert hatten. Es ging also mit dem Bus, Linie 42, durch Siemensstadt, Reinickendorf bis rauf nach Frohnau. Der Busfahrer sprach die Stationen in ein Mikrofon, das links über sein Lenkrad ragte und Jule prägte sich den Berliner Klang der Namen ein.

Als sie ausstiegen, war es bereits Mittag, aber immer noch diesig. Sie gingen durch ein Villenviertel und die Oma gab letzte Instruktionen. Die Tante sei völlig verarmt, von ihrer Kunst könne sie nicht leben (wusste Jule schon), sie sei auch gar nicht wirklich eine Tante (wusste sie ebenfalls), Jule solle nichts anfassen, Tante Jutta habe ständig irgendwelche ansteckenden Krankheiten, was an deren Umgang liege (das war neu).

Oma und Enkelin betraten einen verwilderten Garten, blieben kurz vor dem efeuumrankten Eingangsportal stehen und bewegten sich dann vorsichtig auf den zum Teil zerbrochenen Gehwegplatten rechts am Haus vorbei zu einer großen Garage, ziemlich weit hinten auf dem parkähnlichen Gelände. Die Zufahrt war überwuchert, die Villa stand offensichtlich leer. Tante Jutta kam den beiden juchzend entgegen, ihre lebhaften braunen Augen lachten mit, der fehlende Schneidezahn allerdings auch: „Na kleene, det wurde aba och mal Zeit!" und schon drückte sie ihre Nichte an sich und wippte dabei von einem Fuß auf den anderen. Jules Aussehen schien diesmal nicht von Belang, aber dass die „Kleene" es in ein Flugzeug geschafft hatte, wurde gelobt.

In der Garage brannte eine Glühlampe, die mittig an einem Kabel von der Decke hing. Die Augen gewöhnten sich langsam an das schummerige Licht. Tante Jutta trug Hose, Kleid, Weste und Jacke übereinander und alles wirkte braun und schmuddelig. Sie behielt ihre wollenen Halbfingerhandschuhe an, als sie Tee machte. Sie rührte Teeblätter, Zucker, Wasser und Dosenmilch in einen großen ramponierten Blechtopf und erhitzte das Ganze auf einer elektrischen Herdplatte, die auf einem Holzhocker ihr Gleichgewicht gefunden hatte. Man wartete geduldig, bis die Blätter nach unten gesunken waren und nippte dann vorsichtig aus Bechern ohne Henkel. Die Tante hatte unter anderem in Marokko gelebt, das erklärte unter Umständen das Gebräu, das immerhin die Hände wärmte. Die drei saßen nebeneinander auf dem Bett, eingehüllt in bunte Decken, die süßlich rochen. Das Bettgestell aus rostig schwarzem Eisen quietschte bei jeder Bewegung, aber es hielt. Langsam begriff Jule, dass sie eine Tante hatte, die in einer Garage lebte. Für ihre Großmutter war dieses Detail offensichtlich nicht erwähnenswert gewesen.

Man sprach über den letzten Straßenflohmarkt in Berlin-Mitte, zwei Bilder waren verkauft worden. Schließlich holten sie ein riesiges Ölgemälde aus der kleinen Gartenlaube und lehnten es an die Wasserpumpe. Mit genügend Abstand war eine Wüste mit Nachthimmel zu erkennen. Aus der Nähe wirkten Tante Juttas Bilder in erster Linie sehr wild und sehr bunt. Die Farben spachtelte sie auf die Leinwand. Wenn man mit dem Finger darüber glitt, konnte man das Relief fühlen.

Auf dem Weg nach Hause erklärte die Großmutter, dass sie das Bild kaufen werde. Auf die Frage, wo sie es in ihrer kleinen Wohnung aufhängen wolle, lächelte sie geheimnisvoll in sich hinein. Jule liebte ihre Oma sehr. Mitsamt Kostüm, Handtasche und Hut war sie irgendwie auch gegen den Strich.

DER WIND PFEIFT

Jule wusste nicht genau, warum sie immer wieder das tat, was ihre Eltern wollten. „Sentimentalität und Bequemlichkeit", sagten ihre Freunde. Nun standen sie im Stau, irgendwo hinter Lyon. Die französischen Bauern hatten ihre Ernteerträge auf die Straßen gekippt und blockierten mit ihren Traktoren sämtliche Kreuzungen. Es über die Feldwege zu versuchen, war keine Option. Einige wenige Ortskundige schienen mutig. Sie hinterließen eine mächtige Staubwolke, filmreif.

Zweiundzwanzig Uhr, langsam wird es dunkel. Franzosen in den Uniformen von irgendeiner Hilfsorganisation schlängeln sich auf Motorrädern durch die Kolonnen und verteilen Trinkwasser. Die Leute pinkeln längst am Straßenrand, neben ihren Autos. Bäume oder Büsche gibt es keine. Das trockene Gras knistert unter den Füßen. Disteln, Gestrüpp, ein bisschen Müll. Man muss aufpassen, wo man hintritt, mit nur Sandalen an den Füßen.

Die Grillen zirpen unaufhörlich und dabei auch ungewöhnlich laut. Eine Familie holt Decken aus dem Kofferraum. Die Kleinen putzen sich die Zähne und werden bettfertig gemacht. Kölner Kennzeichen. Die Sommerferien lassen nur noch in Bayern auf sich warten. Jules Eltern schweigen vor sich hin und schauen geradeaus. Ab und zu fällt ein Satz, nichts Wichtiges. Sie raten ihrer Tochter, doch auch die Augen zuzumachen. Halbherzige Versuche, die Gedanken des anderen zu lesen. Letztlich verbleibt jeder in seiner eigenen Welt.

Und dann geht es plötzlich los. Motoren springen an, Leute laufen zu ihren Autos. Es bewegt sich was, langsam, aber man kommt voran. Der Vater fährt die Nacht durch. Als die Sonne aufgeht, ist bereits das Meer zu sehen.

Das Ferienhaus ist perfekt, für Jule ein großes Zimmer mit eigenem Zugang über die Terassentür. Dahinter ein riesiges Naturschutzgebiet mit wilden Schluchten und einem Kratersee ganz am Ende. „Geheimtipp", behauptete der Vermieter.

Jule zieht sich um und macht sich auf den Weg. Sie ist neugierig auf die Nachbarschaft und hofft auf Leute in ihrem Alter. Bislang Fehlanzeige. In einem der Gärtchen liegen halb aufgeblasene Schwimmflossen und ein Kinderschlauchboot. Die Häuser wirken unbewohnt, niemand zu sehen, niemand zu hören. Ein dunkles Auto mit niederländischem Kennzeichen steht am Straßenrand, der dicken Staubschicht nach zu urteilen, parkt es da schon seit längerem. Alles scheint sich hier selbst ähnlich, die Hauswände apricot, die Fensterläden blassblau, die Gärtchen spärlich bepflanzt mit Oleander und Lavendel. Viel helles kantiges Gestein. Der Wind treibt eine leere Plastikflasche vor sich her.

Die Eltern haben sich nach der anstrengenden Anfahrt aufs Bett gelegt und schlafen, ihre Fensterläden sind zum Verdunkeln im spitzen Winkel eingehakt. Jule holt sich ihre Badesachen und geht zum Strand, unter den Platanen, immer geradeaus die Straße runter, es ist nicht besonders weit. Das Meer hat eine nahezu unnatürlich dunkle Farbe. Vereinzelt sitzen Menschen auf Campingstühlen, keine Sonnenschirme, eine Strandmuschel flattert nervös im Wind. Jule müht sich beim Aufpusten ihrer kleinen Luftmatratze, spuckt Sand aus, hat den Geschmack von abgestandenem Gummi auf der Zunge und als es ihr endlich gelingt, den Stöpsel in die Öffnung zu pressen, verliert sie beinahe das Gleichgewicht. Der Wind kommt vom Land, in Böen. Die Matratze treibt aufs Meer hinaus. Jule läuft brüllend hinterher. Und bleibt im nächsten Moment knietief im unerwartet eiskalten Wasser stehen. Keine Chance, auch nicht für eine gute Schwimmerin. Jetzt erst bemerkt sie, dass sie die Einzige ist, die sich überhaupt so weit vorgewagt hat. Zurück an ihrem Platz peitscht ihr der Wind den grobkörnigen Sand auf die nasse Haut, dass es schmerzt. Sie tritt den Rückweg an.

Die Eltern schlafen noch immer. Sie duscht kurz, zieht sich Shorts, T-Shirt und Turnschuhe an. Sie will zum Naturschutzgebiet. Sie klettert hinunter in die Schlucht. Das Geröll sorgt für die eine oder andere unfreiwillige Rutschpartie. Der schmale Trampelpfad schlängelt sich durch eine ihr fremde Pflanzenwelt. Sie wandert ohne Zeitgefühl und erspäht schließlich eine Ruine ganz am Ende der Schlucht, kein Dach aber durch den Felsüberhang komplett im Schatten gelegen. Da sie weder an eine Kopfbedeckung gedacht hat noch daran, sich etwas zu trinken mitzunehmen, ist es sicherlich ein guter Ort, um sich etwas auszuruhen. Dem Sonnenstand nach zu urteilen, ist sie schon seit mindestens zwei Stunden unterwegs. Hoffentlich schlafen die Eltern noch.

Sie betritt das alte Gemäuer und findet zwei verlassene Räume, auf dem Steinfußboden kleine Steine, Sand, Exkremente, eine Feuerstelle, ein paar zerdrückte Limo Dosen und Plastikwasserflaschen. Unter dem Fensterloch sieht es halbwegs sauber aus. Hier lässt sie sich mit dem Rücken zur Wand auf dem kühlen Boden nieder und nickt ein.

Ihr letzter Gedanke gilt den verwitterten Fensterläden oberhalb ihres Kopfes. Sie sind im spitzen Winkel ineinander gehakt, das erklärt den Lichtkegel vor ihren Füßen und es erklärt auch das nicht enden wollende Pfeifen des Windes, der sie in den Schlaf begleitet.

DIE PRÜFUNG

Eine Woche nach dem vom anhaltenden Wind geprägten Frankreichurlaub war Jules Vater zuhause ausgezogen. Er packte seine Sachen, zwei Fuhren mit dem Firmenwagen reichten. Weg war er. Er wohnte nun in einer fünfzig Kilometer entfernten Stadtwohnung. Kein Drama, keine lauten Worte. Er habe erkannt, wie unglücklich er gewesen sei, und dies schon seit sehr vielen Jahren. Das war seine Erklärung. Sie stand nicht zur Diskussion.

Jule ging davon aus, dass ihr die Eltern das eigentlich Relevante verschwiegen. Die Mutter erlitt zahlreiche Nervenzusammenbrüche und bestand darauf, dass sich Vater und Tochter wenigstens einmal im Monat zum Essen verabredeten. Beide machten gute Miene. Wenn die Mutter, kaum dass Jule zurück war, bohrende Fragen stellte, wusste Jule nichts zu erzählen. Alles erschien falsch. Das Entsetzen der Mutter, als sie von der gemeinsamen Autobahnfahrt berichtete, konnte sie jedoch nachvollziehen. Ihr Vater hatte sie ans Steuer gelassen, dabei besaß sie noch gar keinen Führerschein, die praktische Prüfung sollte erst Ende des Monats stattfinden.

Jule war dankbar, dass sie diesen vorgezogenen Termin erhalten hatte. Sie wollte keinen Tag länger mit dieser Fahrschule zu tun haben. Der Fahrlehrer war ihr unangenehm. Anzügliche Witze, tiefe Blicke, süffisantes Grinsen, langanhaltender schweißiger Händedruck. Den Rückwärtsgang zu finden, war für sie ein leichtes, seine Hand auf ihrem Handrücken völlig überflüssig. War ihr Vater am Ende auch so einer? Jule trug nur noch weite Cordhosen und Männerhemden. Vor der obligatorischen Überlandfahrt graute ihr. Mit diesem Mann außerhalb der schützenden Stadtmauern zu sein, ohne weitere Schülerinnen, an einem Samstag.

Er holte sie von der Schule ab, roch nach Zigaretten und nach Alkohol und war in Plauderlaune. Seine geselligen Urlaube auf Mallorca, sein erfolgreicher Wetteinsatz beim Pferderennen, nebenbei dirigierte er sie zur nächsten Autobahnauffahrt. Er fragte sie aus über die Schule, die Lehrer, ob sie einen Freund habe, ob sie gerne tanzen gehe. Jule gab Auskunft und fühlte sich klamm. Wer fragt, führt. Er duzte sie.

Machte das ihr Vater mit seinen Angestellten auch so? Sie erinnerte sich daran, wie ihre Freundin ihn mal zum Tanzen aufgefordert hatte. Oder war es umgekehrt gewesen? Worüber hatten die beiden geredet auf der Tanzfläche? Warum war Jule nicht aufmerksamer gewesen? Aber ihre Freundin hätte es ihr doch erzählt, wenn sie sich bedrängt gefühlt hätte, hätte sie doch, oder?

Links blinken, abfahren auf den Schnellweg, Blick in den Seitenspiegel, einfädeln, Mittelspur, an der nächsten Kreuzung links einordnen. Er lobte sie schon wieder. Jule bekam Kopfschmerzen, sein Rasierwasser löste Übelkeit aus, sie öffnete leicht das Fenster. Nächste Ausfahrt runter. Niemandsland. Jule hielt mit beiden Händen das Lenkrad fest und bemerkte ihre weißen Fingerknöchel. „Kleiner Abstecher zu unserem Feriendomizil", seine Stimme klang ölig. Sie fuhren durch ein menschenleeres Dorf. Eine Sparkasse, ein Lebensmittelladen, Polizei, am Ortsausgang ein Feuerwehrhaus. Warum hatte sie nicht angehalten? Er lotste sie über einen asphaltierten Feldweg, der am Horizont in einem Mischwald zu enden schien. Der Refrain eines Kinderliedes brüllte in Jules Kopf. „Ich schaff' das schon, ich schaff' das ganz alleine." Sie wagte einen Seitenblick, ohne den Kopf zu bewegen, konnte aber nichts Alarmierendes erkennen. Wieder musste sie an ihren Vater denken. Der hatte auch ganz entspannt auf dem Beifahrersitz gesessen. Sie war ja auch eine gute Autofahrerin.

Der Feldweg schien nicht enden zu wollen. Beide schwiegen. Dann das Wäldchen, eine Lichtung, ein offenes Tor, eine Auffahrt, rechts und links Brombeerhecken. Da geht's rein. Jules

Herz schlug bis zum Hals. Sie versuchte sich an die Judogriffe zu erinnern, die sie gelernt hatte. Tritt zwischen die Beine und dann?

Jule parkte vor dem Holzhaus. Die Haustür öffnete sich. Seine Frau. Sie hatte schon gewartet. Freute sich. Würde mit zurückfahren in die Stadt. An die Rückfahrt konnte sich Jule nicht mehr erinnern.

DER ROADTRIP

Tom, Julian und Ariane kamen aus bürgerlichen Familien und gingen auf die gleiche Schule wie Jule. Tom und Jule verband die Tatsache, dass er Mathe gut konnte und sie seine Hilfe gerne annahm. Unabhängig davon, dass er in sie verliebt war. Sie betrachtete ihn als den Bruder, den sie sich immer gewünscht hatte. Tom setzte sich in den Kopf, Jule zu einem gemeinsamen Urlaub zu überreden, sobald sie das Abi in der Tasche hatten.

Jule wollte nach England, sie war nach wie vor damit befasst, nach Spuren zu suchen, die ihr halfen die Entscheidung ihres Vaters zu verstehen. Tom brachte Irland mit ins Spiel und konnte Jules Neugier wecken, besonders für die keltische Musik. Ihren Vorschlag, dass man sich ja zu einer größeren Gruppe zusammentun könne, akzeptierte er. Julian und Ariane aus dem gleichen Jahrgang stimmten zu. Die vier kannten sich aus dem einen oder anderen Oberstufenkurs und begegneten sich auf den gleichen Feten.

Es gab eine Vorbesprechung. Toms Eltern luden die anderen beiden Ehepaare sowie Jules Mutter zu sich ein. Die Kinder überzeugten ihre Eltern von ihrem Vorhaben, man einigte sich auf die Höhe der finanziellen Unterstützung. Jules Mutter ließ sich trösten, ihre größte Sorge galt der Vorstellung, sechs Wochen allein sein zu müssen. Die Jungs hatten noch keinen Führerschein, beide waren erst siebzehn, aber sowohl Ariane als auch Jule freuten sich riesig darauf, fahren zu dürfen. Den VW-Bus mit abgelaufenem TÜV würden sie von Toms Bruder ausleihen.

Die Klausuren waren geschrieben, die mündlichen Prüfungen geschafft, die Entlassungsfeier erschien als notwendiges Übel und auf den Ball gingen nur die Spießer. Den Bus für die Tour zu bepacken war das größere Abenteuer. Die beiden Gitarren von Tom und Jule, vier Isomatten, zwei kleine Zelte, einen Gaskocher, zwei Töpfe, ein paar Konserven, Nudeln, Reis, Klamotten zum Wechseln, sie brauchten nicht viel und schienen sich bei den grundsätzlichen Dingen einig. Es war für alle der erste Urlaub ohne Eltern. Ariane hatte die Sommerferien bislang immer mit ihren Geschwistern im Schwarzwald verbracht. Ihre Eltern, beides Ärzte, teilten sich ein großes Ferienhaus mit weiteren Cousins und Cousinen und deren Kindern, die aus den unterschiedlichsten Himmelsrichtungen anreisten. Tom war der erfahrene Camper, seine Eltern fuhren mit ihren vier Jungs gerne zum Angeln nach Dänemark oder Norwegen. Julian war Einzelkind, seine Eltern fast so alt wie Toms Großeltern, kulturell sehr interessiert und eher in Städten unterwegs. Jule war mit ihren Eltern immer in Italien oder zuletzt in Frankreich gewesen. Aber das war ja nun alles so oder so Vergangenheit.

Die vier studierten Landkarten und diskutierten unterschiedliche Ziele, ohne sich auf irgendetwas festzulegen. Dafür war die Stimmung viel zu gut. Sie wussten, sie hatten diese sechs Wochen und danach würde es keine Schule mehr geben. Alle wollten zuhause ausziehen. Tom hatte erfolgreich verweigert und wartete nun auf einen Zivildienstplatz irgendwo in der Nähe der holländischen Grenze. Julian ging zum Bund, Ort ungewiss, seine Motivation auch. Ariane würde Medizin studieren, wie die Eltern, vielleicht in Japan. Jule war ratlos, Sprachen fielen ihr leicht. „Anglistik, Germanistik" hatte sie einfach mal eingetragen und als Ortswunsch „Freiburg". Ihre Mutter ging davon aus, dass sie in der Nähe bleiben würde, im Norden. Die Entscheidung der „Zentralen Vergabe für Studienplätze" sollte erst im Herbst erfolgen.

Sie brachen Anfang Juni auf und schafften es gleich am ersten Tag bis Hoek van Holland. An der Grenze wurden sie gebeten auszusteigen und sich bis auf die Unterwäsche auszuziehen. Der Unterboden wurde untersucht, die Rückbank hochgeklappt. Dass der Bus keinen TÜV mehr hatte, schien niemandem aufzufallen. Schließlich winkte man sie durch. „Denen hat unser Aussehen nicht gefallen." „Scheißbullen." „Also, ich fand's lustig." „War's auch irgendwie."

Nachdem sie das Auslaufen der Fähre an der Reling stehend andächtig verfolgt hatten, erkundeten sie im Anschluss unter aufgeregten Zurufen die unterschiedlichen Räume auf jedem einzelnen Deck. Der Teppichboden im Liegesaal erwies sich als angenehm dick und weich und nach ein paar Frotzeleien über Muster und Farben waren sie auch schon eingeschlafen. Die Isomatten lagen noch im Auto, sie hatten nicht geahnt, wie müde sie waren.

In Dover dann runter von der Rampe und Linksverkehr. Großes Gejohle. Jule holte sich Sausagerolls und Blueberry Jelly. Kindheitserinnerungen. Jeder durfte einmal abbeißen. Sie folgten den Schildern zu einem Campingplatz oben auf den Cliffs und wurden dort mit einer menschlichen Wärme empfangen, die Jule vertraut erschien. Glückseligkeit begleitete sie beim Aufbau der Zelte in einer der Mulden, umgeben von wilden Hecken mit zartrosa Blüten. Abends dann Ravioli aus pastellfarbenen Plastikschüsseln, der Campingkocher funktionierte einwandfrei, Tom hatte es wirklich drauf.

Jules Großmutter lebte auf der der Isle of Wight. „Ob man vielleicht auf dem Weg nach Swansea?" „Liegt ja im Prinzip auf der Strecke, oder?" Alle waren einverstanden. Zuvor hatten sie Jule zuliebe die Adresse von deren Haus der Kindheit aufgesucht. Sie fanden einen Straßennamen, aber nicht das Haus. Die wilde Heidelandschaft hatte alles in Besitz genommen. Jule erzählte ihnen die Geschichte vom roten Dach und von dem Verlust des Puppenhauses durch den unseligen Umzug nach Bayern.

Das neue Ziel tat allen gut. Die Nanny war unkompliziert und herzlich. Über die Trennung der Eltern, die Entscheidung ihres Sohnes, sagte sie nichts. Man feierte das herrliche Essen, der Duft hatte sie schon an der Haustür empfangen. Truthahn mit Salbei-Zwiebel Füllung und als Nachtisch der legendäre Apple Pie mit Custard. Sie saßen nicht am Esszimmertisch, sondern auf dem warmen Holzboden in der Küche, Hippiefeeling, die Nanny hockte sich dazu. Auch der Abschied fiel unpathetisch aus: „Be good", einmal gedrückt, kurz gewunken. Als Jule in den Rückspiegel sah, war sie schon im Haus verschwunden.

Je näher sie Wales und damit auch Irland kamen, desto unverständlicher wurde das Englisch. Gleichzeitig begann die Landschaft zu ihnen zu sprechen. Das Meer wurde wilder, Gaweins Schatten tauchte neben einer Burgruine auf. Jule würde im dritten Semester eine Hausarbeit über den Artusritter schreiben und die Magie ein zweites Mal erleben.

Ariane war ganz auf die Straße konzentriert, sie liebte den Slalom und das Auf und Ab durch die sanften Hügel. Manchmal musste sie hart bremsen, wenn in einer schmalen Kurve ein Auto entgegenkam. Manchmal flogen dann Schlafsäcke, Schuhe, Blechtöpfe und Gitarren durch die Luft. Lachendes Geschimpfe. Die Jungs freuten sich, dass die Mädels am Steuer saßen. Ariane und Jule konnten gar nicht genug kriegen vom Autofahren. Tom war selig in Jules Nähe zu sein und ließ sich mit einem Lächeln oder einem Knuff in den Oberarm ganz gut ruhigstellen. Julian biss in seine überdimensionierte Cadbury Schokolade und grinste. Ob er sich nachts, wenn sie in ihrem Zweimannzelt lagen, Toms Liebeskummer anhörte? Vielleicht besprachen sie, wie man Jule doch noch rumkriegen könnte. Andererseits schien Julian, ähnlich wie Ariane, nicht besonders interessiert an romantischen Geschichten.

In Cork angekommen stellte sich eine neue Welle der Begeisterung ein. Die Iren schienen noch zugänglicher als die ohnehin schon sehr gastfreundlichen Engländer. Es war Sonntag, fast zwölf Uhr, und sie mussten erst einmal zuhause anrufen, so das Versprechen, das für jeden Sonntag galt. Jule übernahm diesen Part und deren Mutter war überaus dankbar für die Aufgabe, die frohen Botschaften an die anderen Eltern weitergeben zu dürfen.

Am nächsten Morgen ging es die Südküste entlang. Der erste Streit: Julian hatte für seine Süßigkeiten Geld aus der Gemeinschaftskasse genommen, sie aber nicht geteilt, sondern allein aufgegessen. Ariane hatte ihn ohnehin im Visier, weil er sich beim Zeltaufbau und beim gemeinsamen Kochen wenig beteiligte. Es war auch nicht so, dass er stattdessen etwas tat, wovon die anderen profitierten, vielmehr gab er überflüssige Ratschläge oder witzelte dumm herum mit seinen zwei linken Händen.

Der Beschluss lautete: Heute Abend Straßenmusik in Bantry. Überleg' dir einen Beitrag, der richtig Geld einbringt. Diese Auflage war insofern gemein, als Julian weder über eine besonders schöne Stimme verfügte, wie Ariane, noch Gitarre spielen konnte, wie Jule und Tom. Aber er überlegte sich tatsächlich etwas: Er besorgte leere Einweckgläser, zwei alte Keksdosen und schleppte eine kleine Regentonne an. Taktgefühl hatte er, und die anderen ließen ihn nicht hängen. Mit Percussion klangen die Antikriegslieder deutlich temperamentvoller und die Einnahmen an diesem Abend waren höher als je zuvor. Damit war der Frieden wiederhergestellt.

Die großherzigen irischen Bauern sorgten dafür, dass sie ohnehin weniger Geld ausgaben als ursprünglich veranschlagt. Sie konnten wild zelten und erhielten oft auch noch Milch, Butter,

Käse, Eier, Brot, einmal einen eingelegten Schinken, den sie ehrfürchtig in hauchdünne genau abgezählte Scheiben schnitten.

Auf dem Weg an die Westküste passierten sie einsame Gehöfte und immer wieder Kirchen, umgeben von Gräbern mit Steinkreuzen. Das helle Gestein leuchtete ihnen entgegen, um dann plötzlich von riesigen Schatten heimgesucht zu werden. „Spooky", murmelte Jule. „Das ist das Spiel von Sonne, Wolken und Wind", erklärte Ariane. „Lasst uns doch die Kirche besichtigen", kam von Julian. Allgemeines Aufstöhnen, man hatte ihm diesen Gefallen schon ziemlich oft getan.

Am Wegrand standen zwei Tramperinnen, die zum Kilkenny Castle wollten. Sie sangen ihren Wunsch a cappella und im nächsten Moment machten sie es sich auf dem Boden des Busses bequem. Die vier änderten gerne ihre Route und lauschten dem Klang der keltischen Lieder, der noch lange im Bus nachhallen sollte.

Abends dann Zelten am Atlantik. Wäsche waschen, selbst auch mal wieder sauber werden. Mit Meeresrauschen einschlafen. Angenehm erschöpft nach der Kletterei in den Klippen. Blick übers Meer bis nach Neufundland und immer noch die glockenklaren Stimmen der beiden Tramperinnen im Herzen.

In Tralee mieteten sie einen Planwagen samt Pferd, mit dem sie die Dingle Halbinsel umrundeten. Prompt lernten sie eine Gruppe von schwäbischen Studenten kennen. Auf dem Sammelplatz waren noch mehr Deutsche. Nach wenigen Tagen brachten sie den Planwagen zurück zum Vermieter, den sie „Mr Schlotterbeck" nannten, weil sein Name so schwer auszusprechen war, und fühlten sich befreit. Auf Touristen hatten sie keine Lust.

Sie fuhren mit ihrem Bus weiter, der trotz einiger Schrammen und Beulen nach wie vor zuverlässig lief und ihnen ein Gefühl von Geborgenheit gab. Inzwischen gelang es Jule und Ariane auch immer besser, zwischen Hecken und kniehohen Mäuerchen elegant zu manövrieren und ohne Vollbremsungen auszukommen. Sie waren im Flow. Wenn Schafe die Landstraße überquerten, warteten sie gerne und sahen ihnen zu, wie die sich nicht aus der Ruhe bringen ließen. Eine Gruppe von kleinen irischen Kühen folgte ihnen einmal bis in eine Kirche, in die sie wegen eines Regenschauers geflüchtet waren. Als sie dann zu ihrem Bus gingen, wurden sie auch bis dorthin begleitet. Sie ließen sich streicheln wie Hunde und schauten ihren neuen Freunden traurig hinterher.

Am nächsten Morgen Überraschung: Die Wäsche, die sie noch vor dem Schlafengehen an der Wäscheleine einmal rund um den Bus zum Trocknen beziehungsweise Lüften aufgehängt hatten, war übersät mit bräunlichen Flecken und Streifen. Die freundlichen Rinder hatten sich offensichtlich einiges an Erd- und Dungresten vom Rücken geschabt. Ein Abschiedsgeschenk.

Dann kippte die Stimmung nachhaltig: Fünf Wochen waren um und der Kassensturz hatte überdies ergeben, dass trotz ihrer Einnahmen von den Auftritten und trotz sparsamen Haushaltens bald alles Geld aufgebraucht sein würde. Nordirland musste warten, sie kehrten um Richtung Südosten, Wehmut und Trauer begleitete sie. Und das Gefühl, mit Irland noch längst nicht fertig zu sein. Ariane schrieb Tagebuch und fing an, schöne und weniger schöne Momente zu kategorisieren. Julian kaufte sich Süßigkeiten und bewahrte sie, mehrfach in Alufolie gewickelt, in seinem Rucksack auf. Tom versuchte Jule einen Kuss zu geben, bekam aber nur eine Umarmung. Jule hatte Kopfschmerzen und verstummte zusehends. Der letzte Abend vor der Überfahrt auf den Kontinent meinte es noch einmal gut mit ihnen. Sie saßen bis weit nach Mitternacht an ihrem Feuer und schauten hinüber über das schwarze Meer, das ganz still war und die Küstenlichter reflektierte. Sie wollten nicht nach Hause, aber es war unausweichlich.

Sie hatten ihren Eltern versprochen, rechtzeitig zurück zu sein. Rechtzeitig, um sich einem neuen Lebensabschnitt zu stellen. Ihre Wege würden sich trennen. Natürlich beschworen sie das Wiedersehen in den ersten Semesterferien, verabredeten den nächsten gemeinsamen Roadtrip, vielleicht Richtung Süden? Nichts davon würde stattfinden, aber das konnten sie zu diesem Zeitpunkt noch nicht wahrhaben.

DAMALS WUSSTE SIE DAS NICHT

Im Grunde ein schöner Sommerabend. Sie saßen draußen, beide barfuß, die Steinplatten waren noch warm. Sie hatten eine Flasche Wein geöffnet und plauderten über dies und das. Sie waren etwas träge von der Hitze des Tages, mitunter sagten sie gar nichts und hingen ihren Gedanken nach.

Jule war müde und hätte sich gerne hingelegt, aber die Freundin hatte noch etwas auf dem Herzen. Jule spürte das. Die beiden kannten sich seit etwa einem Jahr. Das Unglück über den Studienort, den sie beide nicht gewählt hatten, verband sie. Sie konnten gemeinsam lachen über die, die sich zu ernst nahmen, es gab davon einige unter den Germanisten. Statt in die Bibliothek setzten sie sich auf die Schaukeln auf einem Kinderspielplatz und malten mit den Zehenspitzen Figuren in den Sand. Eine alte Dame, die die Abkürzung über das Grundstück nahm, hielt sie für Schulschwänzerinnen, so jung sahen sie damals aus.

Jules Freundin räusperte sich nach jedem Schluck. Dann kam es: „Ich habe mal im Gefängnis gesessen, ein halbes Jahr, ist schon länger her." Pause. Sie hatte in Richtung Weinglas gesprochen, nun hob sie langsam den Kopf und sah Jule an mit ihren tiefen rehbraunen Augen. Sie suchte nach einer Reaktion. Es wurde langsam dunkel.

„Hui", sagte Jule mit einer ihr fremd erscheinenden Stimme und ärgerte sich über die eigene Unfähigkeit angemessen zu reagieren. „Und was hattest du verbrochen?" „Versuchte Republikflucht, ich gehörte zu dem harten Kern damals", die Freundin rutschte ins Sächsische. „Und wie war das, ich meine, möchtest du darüber reden?" Jule war nervös, irgendetwas stimmte nicht. Nach einer kaum zu ertragenden Pause kam der Rest der Offenbarung: „Ich hatte mich damals in eine Frau in unserer Zelle verliebt. Wir waren sechs, die anderen waren mehr oder weniger ok, sie haben uns gedeckt, wir konnten ungestört miteinander schlafen, fast jeden Tag, wir hatten ein festes Verhältnis, es hielt über vier Monate. Danach haben wir uns nie wieder gesehen."

Jule spürte kalten Schweiß am ganzen Körper und wusste nicht, wohin sie schauen sollte. Die Freundin lächelte zögerlich, nahm einen letzten Schluck und stand auf. Jule schob ihre Hände unter den Po, da beugte sie sich zu ihr herunter und gab ihr einen vorsichtigen Kuss auf den Mund.

Sie sahen sich am nächsten Tag bei der Faust-Vorlesung. Der Hörsaal war überfüllt und Jule klappte den erstbesten Sitz in der Nähe des Eingangs herunter. Ob ihr die Freundin wie sonst mittig einen Platz freigehalten hatte, erinnerte sie nicht. Sie musste dann im Anschluss eilig weg und war auch gar nicht überrascht, dass man sich nicht mehr begegnete.

Damals wusste sie noch nicht, dass erst sehr viel später eine große tiefe Traurigkeit über sie kommen sollte.

Jule ging gerne in die Cafeteria. Sie studierte mittlerweile im fünften Semester in Tübingen. Ein Auslandssemester wäre nach der Zwischenprüfung sinnvoll gewesen, aber die Hindernisse schienen ihr unüberwindbar. Die Mutter war viel krank, zum Vater gab es gar keinen Kontakt mehr, ihre Jobs als Nachhilfelehrerin brachten nicht viel ein. Sie zog das Studium durch, lieferte pünktlich ab, das wars.

Seit zwei Jahren wohnte sie in einer Dreier-WG, man teilte sich Küche und Bad. Bei den Begegnungen auf dem Flur fielen ein paar Worte über die schlecht funktionierende Klospülung oder über den schmuddeligen Teppich in der Küche. Die beiden Mitbewohner kannten sich bereits aus der Schulzeit in Stuttgart, sie waren jeder auf seine Art praktisch veranlagt. Beide studierten Maschinenbau.

Jule zog sich gerne in ihr kleines Zimmer zurück. Gelegentlich traf sie sich mit Kommilitonen zum Lernen, auch mal zum Feiern, viel Alkohol vertrug sie allerdings nicht.

Allein in der Cafeteria zu sitzen, machte ihr nichts aus. Sie hielt die große Cappuccino Tasse mit beiden Händen, saugte vorsichtig etwas Milchschaum ab und blickte über den Tassenrand in das bunte Treiben. Mitunter gab es ein Lächeln, ein Kopfnicken, das eine oder andere Gesicht war ihr vertraut.

Sie stockte. „Bettina?" Jule rief lauter: „Bettina!!!" Sie war es wirklich. „Das ist ja n' Ding", sagte sie zu sich selbst. Bettina hielt ihr Tablett auf Brusthöhe und schlängelte sich so durch das Gewirr von Menschen, die an den zahlreichen kleinen runden Tischen Platz genommen hatten. „Süße! Wenn du nicht so laut gerufen hättest, hätte ich dich in diesem Tumult echt übersehen!" Sie lachte kehlig, stellte ihr Tablett ab und nahm Jule, die aufgeregt aufgestanden war, in den Arm. Küsschen links, Küsschen rechts. Sie setzten sich.

„Seit wann bist du denn wieder im Lande?" „Seit fast einem Monat. Muss ich zu meiner Schande gestehen. Aber ich hatte soo viel um die Ohren, allein mit dem Umzug, ich wohne jetzt am Hang, richtig schicke Wohnung, ganz modern, alles hell, richte mich grad' komplett neu ein, musst mal kommen, in Paris hatte ich ja nur ein möbliertes Zimmer, Issy les Moulineaux, halbe Stunde mit der Metro zur Uni, war toll, das Semester war ja so schnell vorbei, die Zeit fliegt, wem sag' ich das. Bettina schaufelte ihren Salat in sich hinein, redete mit vollem Mund, lachte, nahm einen Schluck Tee, redete weiter. Jule hörte zu. „Hättest ja mal eine Nachricht schicken können, mal ein Foto," murmelte sie leise.

Schließlich war der Salat aufgegessen und der Tee ausgetrunken. „So, Kleines, ich muss dann weiter! Man sieht sich!" Jule stand abermals auf, um sie zu umarmen, das Tablett zwischen ihnen störte. „Du, was meinst du, hast du nicht Zeit und Lust vorbeizukommen? Heute Abend? Auf einen Wein? Ich koch' uns was. Meine Adresse kennst du ja. Ich würd' mich freuen." Kurzes Zögern, dann die Zustimmung. „Eh. Supi! Super Idee! Wohnst du immer noch mit diesen beiden Nerds zusammen? Meine Güte. Ja, ok, dann bis später." „So gegen sieben?" „O-kidoki", und weg war sie.

Jule blieb noch eine Weile sitzen, nippte an ihrem mittlerweile lauwarmen Cappuccino und sinnierte vor sich hin. Bettina hatte sich gefreut, fand sie. Sie hatte sich nicht groß verändert, ihre gute Laune war geblieben, so war auch deren erste Begegnung im Realismus Seminar gewesen, ihr Lachen als Kontrapunkt. Eine Hausarbeit schrieben sie dann gemeinsam. „Die Füße im Feuer", Ballade von C.F. Meyer. Sie fanden Unmengen von Sekundärliteratur. Meistens trafen sie sich in der Unibibliothek. „Na, ihr beiden Hübschen", war die Standardbegrüßung des Rentners am Eingang, das sagte er wahrscheinlich zu allen Studentinnen.

So. Wein hat sie noch. Was soll sie kochen? Jule schlendert durch die Fußgängerzone. Beim Türken findet sie Blätterteig zum Aufbacken, Frischkäse, unterschiedlich gewürzt, eingelegte Artischocken, Paprika, Tomaten, kleine Gurken. Nur nicht zu viel machen. Im Blumenladen kauft sie ein Töpfchen mit zwei kleinen bereits aufgeblühten rosa Rosen.

In der gemeinsamen Küche angekommen rollt sie den Blätterteig aus, schneidet Quadrate, verteilt jeweils einen Esslöffel Füllung, zieht die Ecken etwas nach oben und platziert insgesamt 16 Teilchen auf dem Backblech. Jule mag Blätterteighäppchen, aber in Gesellschaft kann sie meist nur wenig essen. Sie schneidet das Gemüse auf und arrangiert alles auf einem großen Teller.

Robert schaut zur Tür rein: „Guad riechts hier." „Ja, ich bekomme gleich Besuch." Er ist gerade erst aufgestanden, alles an ihm wirkt zerknautscht. Er bewegt sich auf Socken, langsam aber gezielt: stellt die Kaffeemaschine an, kippt Müsli in die Schüssel, Milch drüber, Löffel rein, greift seinen Kaffeebecher und schlurft zurück in den eigenen Bau, seine Vorhänge bleiben zu. Wenig später hört Jule die Dusche und weiß, dass gleich die Wohnungstür ins Schloss fällt. Wahrscheinlich geht er ins „Lui". Mark ist nicht da, der besucht einen Freund in Freiburg.

Jule stellt den Ofen aus, lässt die Ofentür offen und setzt sich hin. 19 Uhr. Fertig. Perfekt. Ihr fällt das grelle Licht auf. Sie macht die Deckenbeleuchtung aus. Erinnert sich an die Teelichter in Marks Zimmer und deckt sich ein. Fünf auf einen

Kuchenteller drapiert sehen ganz gut aus. Ihr fällt der kleine Blumentopf ein, er passt in die Mitte. Jule ist zufrieden und geht ins Bad. Sie schaut in den Spiegel und stellt fest, dass sie glüht. Sie öffnet das Badezimmerfenster, wäscht sich mit kaltem Wasser das Gesicht, sprüht sich Deo unter die Achseln und öffnet ihre Haare. Sie lächelt in den Spiegel, zieht den Kajal Strich nach, Puder auf die Nase, fertig. Bettina benutzt mehr Schminke.

Sie schließt das Badezimmerfenster und geht in die warme Küche. Die Teelichter brennen noch. Die Häppchen sind noch warm. Sie geht ihre Playlists durch und erinnert sich, dass Bettina klassische Musik nicht mag. Zu dem Konzert in der Stiftskirche ist Jule damals allein gegangen. Sie lässt Musik aus den Charts im Hintergrund laufen, leise genug, um das Klingeln nicht zu überhören.

Bettina wirkt immer sehr souverän, gewährt Jule aber wenig Einblicke in ihr Privatleben. Offensichtlich gibt es weder Partner noch Freunde, aber eine durchgeknallte Mutter, die in einem buddhistischen Kloster in Österreich lebt. Jule wüsste gerne mehr. Sie öffnet den Rotwein und schenkt sich ein Glas ein. Bettina hatte ihr bei Strafe verboten, den Namen zu „Tina" oder gar „Ina" abzukürzen. „Bei Strafe", bisschen übertrieben, was solls. „Jule" lässt sich nichtabkürzen. „Ju" vielleicht. Ihr Glas ist leer. Sie schenkt sich nach und denkt an ihren Vater, der gerade mit seiner neuen Frau Afrika bereist. In einem Privatflugzeug. Die Missgunst ihrer Mutter kann sie nicht teilen, der Gedanke an Afrika lässt sie träumen.

Sie hat es sich auf der Küchenbank bequem gemacht. Zwei Kissen in den Rücken, Beine hoch, die kleine Häkeldecke über die Knie. Sie fühlt sich wattig und ärgert sich darüber, dass sie so wenig verträgt. Sie geht aufs Klo. Sie öffnet wieder das Badezimmerfenster, es ist schon dunkel geworden und das Schloss leuchtet oben auf dem Berg im Licht der Bodenstrahler. Jule schaut über die Dächer Tübingens und stellt sich vor, den Schlossberg hochzuwandern. Vielleicht sind dort Menschen. Dass Bettina sie vergessen hat, lässt sie mit den Schultern zucken. Sie wird sie nicht darauf ansprechen. Falls man sich überhaupt nochmal begegnet.

CASABLANCA

Auch so ein Traum. Ihre alte Ferienfreundin aus Kempten hatte die gemeinsame Reise vorgeschlagen und dann auch die Grobplanung übernommen. Nun sitzt Jule mit ihr in Tunis in der Abflughalle und wartet auf das Flugzeug, das sie zurück nach Stuttgart bringen soll. Der Urlaub war ganz nett gewesen, viel geplaudert, viel gegessen. Der Trip in die Wüste, eine gut organisierte Tour, damit aber eben auch absehbar, ohne echte Überraschungen. Der Zauber, den Jule in Afrika erwartet hatte, blieb aus. Auf Casablanca hatten sie dann ganz verzichtet, um noch ein wenig am tunesischen Strand zu entspannen.

Und nun die Lautsprecher Durchsagen. „Airline … to Stuttgart … the repair work in Casablanca needs some more time, approximately one more hour, we apologize." Das erzählt die immer gleiche Männerstimme mit weichem Akzent nun schon seit vier Stunden. Warum gibt es keine Ersatzmaschine? Was wird da überhaupt repariert? Und wie zuverlässig kann ein auf die Schnelle notdürftig repariertes Flugzeug eine so weite Strecke fliegen? Warum dauert das das Ganze überhaupt so lange?

Fragen über Fragen liegen in der Luft. Rechts von Jule sitzen zwei junge Männer, dem Klang der Stimmen nach zu urteilen aus dem Rheinland. Sie machen sich lustig, worüber will Jule nicht wissen.

Zwei Flugbegleiterinnen mit Rollkoffern kommen den Gang entlang, die rot glänzenden Halstüchlein stehen gleichermaßen kokett seitlich ab. Die große digitale Uhr hinter ihnen ploppt auf 17.00. Eingecheckt hatten sie gegen Mittag.

Jule denkt an ihre letzte Zugfahrt nach Rom. Sie fliegt nicht gern, fühlt sich schnell eingeschlossen, ausgeliefert. Im Zug gibt es die Option, jederzeit eine Notbremse ziehen zu können. Aber sie war es ja gewesen, die so weit weggewollt hatte. Warum nur bis nach Afrika?

Ihre Freundin sitzt links von ihr, rutscht immer tiefer, döst vor sich hin. Wird wieder wach, knufft sie in den Arm. „Wird scho, mir könne eh nix mache." Ihr liebes Lächeln, Jule nickt, mehr schafft sie im Moment nicht. Sie versucht, die Augen zu schließen. Die Kinder im Gang spielen Fangen. Kreischen bei jeder Kleinigkeit los. Ohne Sinn. Völlig überdreht.

Da, eine erneute Durchsage, jetzt seid doch mal still. Ihre Freundin pikst sie in den Oberschenkel. Freude, Erleichterung, müdes Kopfschütteln, altkluges Gerede. Man erhebt sich, sucht seine Sachen zusammen, die Gelenke sind steif, die Köpfe leer. Auf geht's ohne Enthusiasmus. Der Flieger ist also eingetroffen. Von der Gangway aus sehen sie den Piloten im Cockpit sitzen.

Dunkler Typ, verdammt jung, sollte der nicht erstmal eine Pause machen? Oder ist das jetzt ein anderer?

Jule hört ihre Freundin plappern, die Rheinländer grölen. Ach, seid doch alle still. Herrgott nochmal, seid still.

Dreierplätze, die Freundin rutscht ans Fenster, sie weiß, dass sie Jule damit einen Gefallen tut. Rechts von ihnen lässt sich eine komplett verschleierte Frau nieder. Über ihrer Burka trägt sie eine Kette aus frischen Jasmin Blüten. Konnte man überall in den Straßen kaufen, Touristenkram, eigentlich. Ab jetzt also eingepfercht sitzen mit penetrantem Gestank von rechts und lieb gemeinten Stupsern von links. Die Motoren laufen bereits, die Flugbegleiter stülpen sich Schwimmwesten über, ziehen mit gespreizten Fingern an Schnüren, lächeln ins Leere, die Passagiere schauen nach vorn. Jede Menge Sicherheitsinstruktionen in kaum verständlichem Englisch. Jule versucht alles so zu machen wie die anderen auch. Sie schnallt sich an. In ihr schreit es.

Die Maschine setzt sich in Bewegung. Die Freundin plappert. Nimmt ihre Hand. „Lass es", denkt Jule. Die Freundin lässt die Hand wieder los. Der kleine Junge vor ihnen fängt an zu weinen. Er hat es vielleicht auch bemerkt. Die Maschine stolpert, klingt komisch. Jule verliert das Gefühl für Zeit und Raum. Das

GPS ist ausgefallen oder einfach nur nicht eingeschaltet, sie will es gar nicht wissen.

Sie weiß nicht, ob sie Meer oder Land unter sich haben. Sie hat kein Gefühl dafür, wie lange sie nun schon unterwegs sind. Sie kommt sich abhanden. Sie will das hier alles nicht. Sie wagt einen Blick durchs Fenster. Wolken, ein Teil der Tragflächen ist zu sehen. Der Winkel beunruhigt sie. Sie schaut schnell wieder weg. Die Maschine klingt ungesund. Hüpft, schaukelt, zittert. „Ganz normale Turbulenzen", sagt ihre Freundin.

Es gibt Essen, einen kleinen Imbiss. Alles ist einzeln verpackt. Jule hat sich vor der Abreise die Fingernägel kurz geschnitten. Das Auspacken fällt ihr schwer, es dauert viel zu lange. Sie findet die Einkerbungen nicht. Die Zähne will sie nicht zu Hilfe nehmen. Sie fragt sich, durch wie viele ungewaschene Hände diese Tütchen schon gegangen sind. Sie schielt zu ihrer Freundin, die mit ihrem eigenen Essen beschäftigt ist.

Die Freundin plappert. Dann legt sie ihr Rosinenbrötchen auf Jules Tablett. „Magst du doch, gell?" Jule pult aus beiden Brötchen die Rosinen heraus und lutscht sie einzeln. Der Jasmin Gestank sorgt nach wie vor für Wellen von Übelkeit. Sie findet die Spucktüten und hält sich schon einmal eine bereit. Die Freundin plaudert weiter. „Herrgott nochmal, sei still", denkt Jule. Die Tablets werden eingesammelt, freundliches Kopfnicken, alles ganz prima. Es stellt sich tatsächlich etwas Ruhe ein. Dann vereinzelte Rufe: „Die Alpen!" „Oh, ja!" „So klar!" „Das ist selten!" „Wunderschön!" Wieder Turbulenzen, ganz normal über den Bergen, sagt die Freundin. Klar.

Fast überraschend schnell erfolgt dann der Landeanflug. „Die Dächer von Stuttgart!" „Die Cannstatter Wasen!" „Der Fernsehturm!" Allgemeine Unruhe, die Schlösser der Anschnallgurte klicken. Der kleine Junge vor ihnen weint wieder. Jule würde sich gerne die Ohren zuhalten. Auch die Augen schließen. Einfach bewusstlos werden.

Wenn sie diesem Flugzeug entkommen sollte, würde sie nie wieder fliegen. Casablanca hat sich erledigt. Ein weiterer Traum in der Familie der unerfüllten.

IN VOLLEN ZÜGEN

Jule hält sich die Ohren zu. Was nicht hilft. Ihre Freundin hatte ihr zu einem leisen Pfeifton beim Ausatmen geraten. Schon ist der ICE durchgefahren. Der nächste würde hier auf Gleis 2 halten und es wäre der Zug, in den sie einsteigen würde, um sechs Stunden später in Verona auszusteigen.

Er kommt auf die Minute pünktlich. Jule bewegt sich auf die geöffnete Tür rechts von ihr zu. Erst aussteigen lassen. Die kleine alte Dame mit Rollkoffer in zartrosa Metallic erinnert sie an ihre Berliner Großmutter. Jule schultert ihre Reisetasche und stützt sie mit der linken Hand ab. Der Zug fährt an, während sie sich noch ratlos durch den Gang bewegt. Die Plätze, die nicht besetzt sind, scheinen alle reserviert zu sein. Sie lässt sich neben einer Mutter mit Tochter nieder. Der Platz ist ab Kufstein gebucht, für die nächsten zwei Stunden hätte sie also erst einmal Ruhe. Das Mädchen ist im Kindergartenalter, sehr brav flüstert sie „Uno" und gewinnt gegen die Mutter. Jule versucht nicht zu oft hinzuschauen, keine Gesprächsbereitschaft da, wozu auch. Da sie am Gang sitzt, geht der Blick nach draußen an den Mitreisenden vorbei.

„Ich würde mir gerne etwas zu trinken holen, kann ich meine Sachen hierlassen?" „Ja, klar," sagt die Mutter und ihre Tochter mustert Jule mit großen Augen. Jule kämpft sich durch bis zum Bordbistro und reiht sich ein. Vor ihr steht ein kräftiger Mann und bestellt zwei Bier. Sein Freund erwartet ihn am nächsten Stehtisch, sie prosten sich zu. Als Jule ihren Kaffee bezahlen will, gerät sie aus dem Gleichgewicht. Der Zug kommt laut quietschend zum Stehen. „Kufstein", hört sie die Durchsage. Sie drängt sich zum Teil seitlich an Koffern, Taschen und Menschen vorbei. Den heißen Kaffee hält sie mit zwei Fingern auf Augenhöhe. Schon von Ferne sieht sie die aufgerissenen Gesichter des Ehepaares, beide tragen beigefarbene Sommerwindjacken, Rentnerklischee. „Mir habed die Plätz' reserviert!" „I bin scho weg", ruft Jule und ärgert sich im selben Moment, dass sie deren Dialekt imitiert. Eine Angewohnheit von ihr, sie verfällt schnell in den Tonfall ihres Gegenübers. Sie nimmt ihre Reisetasche und ihre Jacke, alles mit links, den Becher immer noch zwischen den Fingern der rechten Hand.

Jule schluckt, sie ist für einen Moment ratlos und geht schließlich wieder in die Richtung, aus der sie gekommen ist. Sie gelangt im übernächsten Wagen zu dem Bereich mit curryfarbenem Teppichboden vor einer Kofferablage, den sie unterbewusst gespeichert hatte. „Vielleicht zum Abstellen für Rollstühle und Kinderwagen", denkt sie. Dort lässt sie sich auf dem Boden nieder, lehnt den Rücken gegen die Wand, atmet tief durch und trinkt ihren ersten Schluck Kaffee. Angekommen. Hier wird sie jetzt erstmal bleiben können.

Als sie sich nach links wendet, schaut sie in ein breites Grinsen. Rote Locken, lebendige Augen, ungefähr ihr Alter. „Hast du hier eben auch schon gesessen?" „Jup, ich sitz' hier schon seit München, in der Zeit bist du drei Mal vorbeigekommen." Jule muss lachen. Sie stellt sich vor und erfährt, dass ihre neue Bekanntschaft Vera heißt und auch nach Verona will." „Schmeckt der Kaffee?" „Geht." „Dass es soo voll sein würde, hatte ich nicht erwartet." „Ich auch nicht, aber hier geht's ja eigentlich, fast gemütlich." „Wenn wir nicht irgendwann Platz für einen Kinderwagen machen müssen." „Wird schon nicht passieren." Jule freut sich über Veras unprätentiöse Art und ist fasziniert von deren geschwungener Nase mit einem kleinen Diamantpiercing. Vera bewundert Jules natürlich braune Haut und mag ihren nachdenklichen Blick. Beide studieren Germanistik, allerdings ist Jule schon zwei Semester weiter. Sie wundern sich, dass sie sich nicht schon vorher begegnet sind.

Die Fahrt durch die Alpen vergeht wie im Fluge, nach kürzester Zeit stellt sich eine Vertrautheit ein, für die Jule normalerweise Jahre braucht. Sie reden einfach drauf los, fallen sich gegenseitig ins Wort, überbieten sich im Finden von Gemeinsamkeiten.

Längst sind sie in einem Kokon, für Außenstehende spürbar. Sie trinken Veras Rosé, eigentlich ein Gastgeschenk, und bestellen sich Pizza an den Zug, der in Bozen einen längeren Aufenthalt hat.

Als Vera mitbekommt, dass Jule noch gar nicht weiß, wo sie schlafen wird, lädt sie sie zu ihren Freunden ein. Das Haus sei groß genug, die Freunde unkompliziert. „Wirklich?" „Wirklich!" Vera nimmt Jule an beiden Händen, sieht ihr tief in die Augen und sagt: "Dies ist der Beginn einer wunderbaren Freundschaft." Jule erinnert sich kurz an Casablanca und freut sich einmal mehr auf Verona.

KEINE WENDUNG

Den Zauber Veronas sollte Jule noch viele Jahre in sich tragen. Gesprochen hat sie mit niemandem darüber, nicht einmal ihr Tagebuch erfuhr etwas über die fünf Tage mit Vera in einer Stadt voller Musik und Zartheit. Vera war dann weiter Richtung Süden gezogen, Jule musste zurück.

Sie hatte sich für die Prüfungen angemeldet. Aus finanziellen Gründen, ihr Vater würde die Zahlungen pünktlich nach Beendigung der Pflichtstudienzeit einstellen. Und sie war ja auch mit allem durch, wozu also noch herumtrödeln.

Der unerwartete Anruf von Tom kurz vor ihrer Abfahrt. Die Nummer hatte er sich von Jules Mutter geben lassen. Ach ja, Irland, lange her. Zu Ariane und Julian hatte er auch keinen Kontakt mehr, beiden gehe es wohl gut, was man so hörte, studierten vor sich hin, ja, Medizin, hatte sie ja auch so geplant, Julian irgendwas Technisches, passte ja auch zu ihm. Nö, mehr wisse er auch nicht. Er war der Einzige von den vier Freunden aus der damaligen Zeit, der überhaupt zu den Abi-Treffen ging. Er studierte inzwischen Soziologie in Amsterdam, wusste aber noch nicht, zu welchem Ende das führen sollte. Er war guter Dinge, seit zwei Jahren in einer glücklichen Beziehung mit einer Frau aus Groningen, die bereits Geld als Lehrerin verdiente. Er verstand gar nicht, weshalb Jule jetzt schon Examen machen wollte.

Zu einem Treffen war es dann aber nicht gekommen. Sein Vorschlag, Jule auf seiner Durchreise nach Ungarn zu besuchen, auf einen Kaffee in Erinnerungen schwelgen und dann weiter, passte Jule instinktiv überhaupt nicht. Außerdem würde sie dann schon in Verona sein.

Genug der Irritationen. Ihr Examen bestand sie wie erwartet ohne weitere Komplikationen. Gratuliert wurde ihr weder von ihrer Mutter noch von ihrem Vater. Beide hatten jeweils mit sich selbst zu tun. Während die Mutter in ihren Depressionen versank und sich von einem Wochenendbesuch ihrer einzigen Tochter zum nächsten hangelte, genoss der Vater sein neues Leben mit seiner neuen Partnerin. Dass Jule ziemlich gut abgeschnitten hatte, entsprach den allgemeinen Erwartungen und wurde auch nicht weiter thematisiert. Trotz Lehrerschwemme erhielt sie einen Ausbildungsplatz in Niedersachsen und die Mutter frohlockte über diese Rückkehr. Sie war fälschlicherweise davon ausgegangen, dass Jule nun wieder bei ihr einziehen würde. Stattdessen kündigte sich die Großmutter aus Berlin an, die sich nicht mehr gut selbst versorgen konnte. Jules

Mutter erlitt abermals einen Nervenzusammenbruch und zog schließlich, kaum dass die Medikamente halfen, in ein Hotel.

Jule brachte die Oma in einem Seniorenheim unter. Nicht weit entfernt von der Ausbildungsschule und dem neuen Wohnsitz, eine Wohnung im Erdgeschoss mit kleinem Garten, den Jule mitbenutzen durfte.

NUN SEI DOCH MAL STILL

Sie sitzt in der Empfangshalle. Sie hat sich für den großen Tag ihr bestes Kostüm angezogen, das dunkelblaue. Auf dem Revers glänzt eine goldene Brosche, eine Art Knoten aus geschwungenen Bändern, mattes und glänzendes Gelbgold. Was für eine stolze Erscheinung, denkt Jule. Ach und ihre dünnen Beinchen, die sie immer seitlich nebeneinanderstellt, wie es sich gehört für feine Leute. Sie sitzt mit geradem Rücken in einem der Bistrosessel am Fenster. Die elfenbeinfarbene Handtasche steht auf ihren Knien, sie hat sie mit beiden Händen fest im Griff.

„Omi! Huhu!" Jule läuft auf sie zu. Erst als sie direkt vor ihr steht, kommt eine Reaktion: „Meine Güte, Kindchen, dass du heute noch kommen würdest, habe ich schon nicht mehr geglaubt." Der Mund verzieht sich etwas, wird schmal. „Ich habe mich nach dem Frühstück extra beeilt, um ja pünktlich zu sein! Der Pflegerin hatte ich schon gestern eingebläut, dass das Kostüm ausgebürstet werden müsse. Ich sitze hier nun schon so lange, dass wir im Prinzip auch gleich zu Tisch gehen können. Riechst du den Bratengeruch aus der Küche? Ich bin auch schon wieder so hungrig. Ich musste mir schon zweimal Tee nachbestellen. Den Keks haben sie beim zweiten Tee vergessen. Ich habe noch nachgefragt, aber keine Antwort bekommen. Ich sitze hier und schaue aus dem Fenster und zähle die vorbeifahrenden Autos. Deins war nicht dabei. Aber sie sehen ja auch alle gleich aus, sind alle schwarz oder manchmal weiß. Von welcher Seite bist du denn nun gekommen. Stehst du überhaupt auf dem Parkplatz? Hattest du mich mal wieder vergessen?" Fragender Blick.

Der Redeschwall erinnert Jule flüchtig an Bettina. Sie nimmt ihre Oma in den Arm, atmet die Olivengesichtscreme ein und macht ihr ein Kompliment bezüglich des hübschen Outfits. Sie ist die zuverlässigste Enkeltochter, die man sich nur denken kann. Selbstverständlich hat sie niemanden vergessen. Selbstverständlich ist sie pünktlich eingetroffen. Selbstverständlich schluckt sie die Vorwürfe, weiß sie doch um die zunehmende Vergesslichkeit und das verloren gegangene Zeitgefühl nur zu gut Bescheid. Sie liebt ihre Großmutter über alles. Sie sind Verbündete, das ist kein Geheimnis, seit fast dreißig Jahren.

„Komm setz dich doch, Kleines, ich bestelle uns einen Tee." „Omilein, wir müssen zum Arzt, du hast einen Termin um 11 Uhr." Sie hilft der Oma aus dem Sessel, überhört deren Protest, übersieht die spitzen Ellenbogen, die sie seitlich ausfährt, und hakt sich bei ihr in leicht gebückter Haltung unter. Der Größenunterschied beläuft sich auf fast 20 Zentimeter.

Die beiden tippeln in Mauseschritten zum Ausgang. Die automatische Tür öffnet sich, dann schließt sie wieder, dann öffnet sie sich nochmals. Vielleicht ist der Sensor nicht in Ordnung.

Sie erreichen den Parkplatz, Jule hat dicht am Eingang geparkt. Bevor sie einsteigen, lässt es sich die Oma nicht nehmen, ihre Enkeltochter zu mustern: „Was trägst du da für ein merkwürdiges Flatterröckchen über den Jeans? Soll das die Nieren wärmen? Hast du was an den Nieren? Wundern würde mich das nicht, bei den kurzen Pullis, die du immer anziehst. Wenigstens ist der Bauch bedeckt. Was sollen deine Schüler denken? Aber der Rücken liegt frei. Man sieht ja auch jeden einzelnen Wirbel bei dir. Hager wie du bist, schlank ist das nicht mehr. Hässlich ist das. Haut und Knochen, du isst ja aber auch nichts, nur diese Körner. Vogelfutter, bah. Ach, das ist ja auch gar kein Röckchen, das ist sowas wie eine Schürze. Ist das jetzt modern, ja? Wieder so eine Modeerscheinung? Und so willst du mit mir zum Arzt?"

Jule bemerkt, dass die Stimme ihrer Oma immer dünner wird, sie hilft ihr mit dem Sicherheitsgurt, streichelt mit dem Handrücken über deren Wange und flitzt schließlich einmal ums Auto, bevor es weitere Proteste oder Beschwerden geben kann. Sie schwingt sich auf den Fahrersitz, dreht den Zündschlüssel um, legt den ersten Gang rein und saust los. Die Oma hält sich mit ausgestrecktem Arm am Halterungsgriff oberhalb der

Beifahrertür fest und sie ist, wie immer bei Autofahrten, wenn Jule am Lenkrad sitzt, ganz still. Dabei hat es noch nie einen Unfall gegeben.

DER SPAZIERGANG

Am nächsten Tag würde sie ihrer Mutter wieder Bericht erstatten müssen, genauso wie nach den Treffen mit ihrem Vater. Die fanden inzwischen allerdings gar nicht mehr statt. Dass sie nun Lehrerin war, hatte er noch mitbekommen, auch ihre neue Adresse und Telefonnummer hatte sie ihm mitgeteilt. Es war nichts vorgefallen, es hatte keinen Streit gegeben. Man sprach einfach nicht mehr miteinander, vielleicht dem latenten Unwohlsein auf beiden Seiten geschuldet, irgendwie konsequent. Sie war ja nun auch nicht mehr von ihm finanziell abhängig. Aber er begleitete sie in ihren Gedanken mitunter bis in den Unterricht.

Einmal traf es sie wie ein Blitzschlag. Sie hatte morgens vor der ersten Stunde erfahren, dass sie in der dritten Stunde Vertretungsunterricht in der 8C geben sollte. Ihr Kopf dröhnte, Warmfront. Sie kannte die Klasse überhaupt nicht. Raum N 238 hieß es auf dem Vertretungsplan. Das bedeutete Nebengebäude, da sollte man sich lieber schon in der Pause auf den Weg machen. Sie schaute in den dicken Ordner im Lehrerzimmer, *„Jahrgänge 7 bis 9, Bereich Deutsch"*, und fand *„Schreibübung:* *„Der Spaziergang"*. Als Impulse wurden vorgeschlagen: *(1) „Ich gehe einen Weg entlang … ich sehe …", (2) „… ich rieche …", (3)*

„… ich fühle …", Die Impulse seien nacheinander mit jeweils fünf bis sieben Minuten Schreibzeit zu geben, keinesfalls alle gleichzeitig. Zum Schluss dann: *(4) „… ich stoße auf ein Hindernis … ich … ."* Ende der Geschichte.

Sie stand vor der 8C. „Guten Morgen, ich bin die Vertretung für Frau Steiner." Sie schrieb ihren Namen an die Tafel. „Lasst uns keine Zeit verlieren, also DinA4-Blatt raus, Stift, ein Drittel Rand knicken, Name oben links, Datum oben rechts." Der Telegrammstil funktionierte. „Fragen?" Zwei, drei Meldungen: „Müssen wir abgeben?" „Darf ich auch mit Bleistift schreiben?" Unsichere Blicke, auch Unwille hier und da, letztlich aber konnte es losgehen. Sie diktierte den ersten Impuls (1). Schlagartig kehrte Ruhe ein. Sie schrieb in Gedanken mit:

Der Weg ist sandig, in der Mitte die Grasnarbe, es geht sich hier nicht besonders gut, weder in der höckerigen Mitte noch in den ausgefahrenen Treckerspuren. Rechts und links Maisfelder, so hoch, dass sie den Horizont verdecken. Dann Kornfelder, die gleißende Sonne lässt sie schimmern. Der Weg scheint endlos, schnurgerade.

(2) „Ich rieche …"

Der Duft des reifen Korns ist unaufdringlich, die Luft steht, weich, warm, süßlich. Ich will noch mehr riechen, mache den Mund zu und konzentriere mich. Ich ziehe eine Haarsträhne zwischen Oberlippe und Nase und sauge den Mandelgeruch ein, vergleiche. Ein Wind kommt auf, leichtes Grollen in der Ferne, der Geruch verändert sich. Ich lasse die Haare frei. Regen liegt in der Luft, der Himmel wird schwarz, es riecht nach Erde, nach Gras, endlich, ich werde nass.

(3) „Ich fühle …"

Ich bleibe stehen und halte das Gesicht in den Regen. Die Birke am Wegrand bietet kaum Schutz. Das Gewitter zieht weiter. Die Abkühlung war kurz, meine Gangart ist verändert. Ich will endlich ankommen. Ich gehe also sehr zügig weiter und kämpfe die Unsicherheit in der Magengegend weg. Ich spüre, wie das Zittern in die Beine gelangt. Ich atme durch die Nase, zwinge mich, die Schultern unten zu lassen und einen geraden Rücken zu behalten. Ich konzentriere mich auf die Schrittfolge.

(4) „Ich stoße auf ein Hindernis …"

Da ist sie, die Mauer. Unüberwindbar. Zwei Meter hoch, alte Mauerziegel, nichts, wo man sich festhalten könnte, die Schindel unerreichbar. Kein Baum, kein Efeu, nichts. Dies ist die Rückseite. Die Vorderseite mit der Toreinfahrt kommt nicht in Frage. Mein Vater lebt hier mit seiner neuen Frau, ich wäre ein Störfaktor. Wie oft will ich noch hierherkommen?

Sie spürte, dass sie angesehen wurde. Fragende Blicke, verwundertes Grinsen. Ende der Schulstunde. Einige packten schon zusammen, einige schrieben tatsächlich noch. Es war die ganze Stunde über sehr still gewesen. Jule musste sich räuspern. „Ja, genau, letzter Satz und dann bitte von hinten nach vorne durchgeben. Ich werde die Aufsätze kommentieren und dann Frau Stein geben, sobald sie wieder gesund ist. Euch noch einen schönen Tag. Macht es gut.“

„Machen Sie es besser“, sagte einer im Rausgehen.

DIE BLÄTTER FALLEN

Jule wurde Oberstudienrätin. Ihre beiden Großmütter wären stolz auf sie gewesen, waren aber inzwischen tot. Dass ihre Eltern keinen Anteil nahmen an ihrem Leben, war für sie zur Normalität geworden. Eine eigene Familie hatte Jule immer noch nicht. Es gab Freunde, Freundinnen. Nichts Festes. Sie war nicht einsam, sie mochte ihr ihr Leben, ihre Wohnung, ihre Arbeit. Die Anerkennung, die erhielt, war ihr genug. Die Wertschätzung aus den Reihen der Schülerinnen und Schüler tat gut. Ihr Kollege hatte es von Anfang an sehr viel schwerer gehabt. Der Vorfall im Spätherbst beschäftigte Jule noch lange Zeit. Sie hatte damals nichts für ihn tun können. Er war ins Fadenkreuz geraten, die Schuldfrage spielte für sie in dem Zusammenhang keine Rolle mehr.

Er unterrichtete Französisch in ihrer zehnten Klasse. Sie hatte die Klassenleitung im vorangegangenen Schuljahr übernommen, war mit der Gruppe auch auf Klassenfahrt gewesen, schwieriges Alter, viele spielten mit dem Gedanken abzugehen und taten nur noch das Nötigste für die Schule. Dazu kam der Gruppendruck: Wer Schwäche zeigte, hatte verloren. Der Französischlehrer zeigte Schwäche. Er reagierte mit sich überschlagender Stimme, wenn sie ihm einen Streich spielten. Er verteilte übermäßig viele Strafarbeiten und warf mit schlechten Noten nur so um sich. Ein kleiner Mann mit unbeholfenen Bewegungen, der linke Arm hing herunter, eine Verletzung aus früheren Zeiten. Sein äußeres Erscheinungsbild hob sich von der übrigen Lehrerschaft ab: Mokassins, grauer Anzug, hellblaues Hemd, silbernes Haar in Wellen nach hinten gekämmt, eine Locke oft verschwitzt über der Stirn. Sein Gesicht rot, die Augen flatternd, aufgerissen, auf der Suche nach dem nächsten, der ihm Böses wollte.

Dann der Tag: Der erste heftige Herbststurm, es regnete Blätter. Die Böen waren zum Teil so stark, dass die Rigips Trennwände ächzten. Trotz geschlossener Fenster begleitete einen das Heulen des Windes vom frühen Morgen an.

Er kam mitten in der dritten Stunde ins Lehrerzimmer gelaufen und warf sich in den nächstbesten Stuhl. Fragende Blicke der dank Freistunde anwesenden zwei Kollegen. Man holte ein Glas Wasser. Er berichtete aufgeregt, was ihm widerfahren war. Die Versatzstücke ergaben, dass ihm die Türklinke zum Klassenraum aus der Hand gerutscht war, die Tür versehentlich gegen die Wand geknallt und seine Aktentasche, die er vermutlich mit dem versehrten Arm an den Körper geklemmt hatte, zu Boden gefallen. Keiner habe geholfen, alle hätten gelacht. Bei der Hausaufgabenkontrolle hätten alle gekichert. Keiner habe die Hausaufgabe vorlegen können oder wollen. Eine

Verschwörung. Er habe die Namen notieren wollen, aber alle hätten durcheinander gebrüllt. Sie hätten schließlich zur Strafe ein Diktat schreiben sollen und er habe die Liste mit den unbekannten Vokabeln an die Tafel geschrieben. Da sei es plötzlich totenstill gewesen.

Dann der Anblick, als er sich umdrehte: Ein Heer von Vermummten! Sie hatten sich ihre Moped Helme aufgesetzt, Mützen über die Gesichter gezogen, oder Tücher. Er habe keine Augen mehr erkennen können. Ein furchterregendes Bild!

Die Klasse bestätigte im Nachhinein seine Angaben. Seine Flucht aus dem Klassenraum hatte für Verunsicherung gesorgt.

Im Lehrerzimmer hatte man versucht ihn zu beruhigen, sein Zustand schien sich allerdings eher zu verschlechtern. Ein Notarzt wurde gerufen. Der Schulleiter kündigte an, dass der Vorfall ein Nachspiel haben werde. Er schickte die Kinder für den Verbleib der Stunde in die Bibliothek, nahm die Utensilien des Kollegen an sich und schloss den Raum ab. Jule wurde als Klassenlehrerin informiert und versuchte gleich nach der Mittagspause den Kollegen zu erreichen. Der war, wie sie später erfuhr, zu dem Zeitpunkt allerdings bereits im örtlichen Krankenhaus stationär aufgenommen worden.

Dort sagte man ihr, dass er im Koma liege und dass sie die erste Besucherin sei, die sich überhaupt nach ihm erkundige. Weitere

Auskünfte erhielt sie nicht. Die Todesnachricht erreichte die Schule am übernächsten Tag.

Allgemeine Betroffenheit, Eltern, Lehrkräfte und Kinder in Schockstarre. Dann die Trauerfeier und die Versuche einer Aufarbeitung in der Klasse. Jule hörte viel zu, sprach mit Familien, manchmal schwiegen sie gemeinsam. Das Schulhalbjahr sollte leise ausklingen, die Blätter fielen, die Tage wurden kürzer. Nach Ersatz für den Französischunterricht wurde gesucht.

VOM HIMMEL GEFALLEN

Jule in ihrer gut geheizten Wohnung. Sie konnte nicht aufhören nach draußen zu schauen. Und es ängstigte sie. Ein Rotkehlchen lag tot in der Vogeltränke vor dem Haus. Als wäre es beim Trinken zur Seite gekippt oder vom Ast gefallen. Erfroren. Auf dem Wasser war eine Eisschicht. Es war kurz vor Weihnachten.

Jule dachte an ihre Katze, die noch draußen war. Der Vogel wäre für sie ein gefundenes Fressen. Sie klopfte an die Fensterscheibe. Der Vogel rührte sich nicht. Also tot. Die Katze war nirgends zu sehen. Jule verzweifelte. Sie lief zur Rückseite des Hauses, schaute aus dem Wohnzimmerfenster und entdeckte sie unter der Tanne. Sie öffnete die Terassentür und rief leise nach ihr. „Katzi? Komm zu mir. Na, komm schon!" Katzi ließ sich Zeit, aber sie kam und huschte schließlich mit einem „Mau" an ihr vorbei in die Küche.

Die Erleichterung bei Jule hielt jedoch nicht lange an. Der Vogel in der Vogeltränke. Sie hatte ihn nicht vergessen. Er war immer noch da. Was sollte sie tun?

Herrje, hätte sie vorhin doch nicht aus dem Fenster gesehen. Auch noch ein Rotkehlchen, so ein zartes Geschöpf. Sie erinnerte sich an Weihnachten in England und die Girlanden aus

Stechpalmen in denen farbig glänzende Rotkehlchen Bilder steckten. Und an „Little Robin", ein Porzellanvögelchen auf dem Kaminsims. Als kleines Mädchen liebte sie die weihnachtliche Märchenwelt sehr.

Die Katze hatte sich auf ihrem Schlafplatz eingerollt und schnurrte leise. Es tat Jule gut, sie unter der Küchenbank zu wissen. Sie schaute wieder aus dem Küchenfenster. Es gab keinen Grund, nicht tätig zu werden. Sie musste handeln, sie war erwachsen.

Sie schaute weg und wieder hin. Mehrfach. Warum dieses Zögern? Da war ein toter Vogel in ihren Garten und nun war es ihre Aufgabe, das Tier zu beerdigen. Niemand konnte ihr dabei helfen.

Aber vielleicht lebte das Rotkehlchen ja noch. Sie wedelte mit dem Handtuch. Keine Reaktion. Sie klopfte nochmals vorsichtig an die Fensterscheibe, keine Reaktion. Sie setzte Wasser auf. Sie schaute zu, wie sich das blau angeleuchtete Wasser im Wasserkocher anfing zu bewegen. Sie mochte den Anblick, jetzt brodelte es, es sah wunderschön aus. Aber was für eine Stromverschwendung. „Plopp", der Wasserkocher schaltete sich selbst aus.

Sie würde jetzt heißes Wasser in die Vogeltränke kippen und hoffen, dass das Rotkehlchen wieder zu Bewusstsein kommt.

Vielleicht befand es sich ja nur in einer Art vorübergehenden Starre, vielleicht waren ja nur die Füße ein wenig angefroren.

Sie blieb mit dem Wasserkessel in der Hand stehen und bewegte sich weder vorwärts noch rückwärts. Sie erinnerte sich daran, dass man Tiere, die nicht fliehen können, keinesfalls bedrängen sollte. Schlimmstenfalls könnte Angst und Panik zum sofortigen Herzstillstand führen.

Jule begann sich und die ganze Menschheit dafür zu hassen, dass sie durch die Einmischung in natürliche Prozesse so viel Unheil auf der Welt anrichteten. Menschen waren für Tiere oft überhaupt kein Segen. Sie entschied, sich rauszuhalten und den Vogel seinem Schicksal zu überlassen.

Da klingelte es an der Wohnungstür. Die Nachbarin wollte sich eigentlich nur ihren Einkaufskorb abholen, fragte aber sofort nach, als sie Jules Hilflosigkeit wahrnahm. Sie ließ sich die ganze Geschichte erzählen, während sie den Wasserkessel an sich nahm, an seinen Ort zurückstellte und sich dann mit einem prüfenden Blick aus dem Küchenfenster über die Spüle lehnte. „Ich seh' nix." „In der Vogeltränke!" „Ein schönes großes Ahornblatt!" Beide sahen nun angestrengt nach draußen. Blaue Stunde, es dämmerte bereits. „Bist du sicher?" „Ja." „Kannst du beim Rausgehen nochmal nachschauen?" „Klar."

Die Nachbarin griff mit zwei Fingern nach dem Blatt, winkte damit nonchalant, warf es in ihren Korb und reckte zum Abschied den Daumen hoch. Jules zögerliches Kopfnicken sah sie wahrscheinlich nicht mehr.

MIT DER ZEIT KAM DIE ÜBUNG

„Gute Nacht, kleine Katzi. Die Jule geht jetzt auch ins Bett." Sie sprach mit weicher Stimme, auch etwas tiefer als tagsüber. Ein Abendritual, das sich über viele Jahre gehalten hatte. Während die Katze eingerollt auf ihrer Decke lag, machte Jule das Licht in der Küche aus. Die Tür ließ sie angelehnt, falls sich die Kleine nachts noch einmal auf den Weg machen wollte. Dafür gab es die Katzenklappe. Manchmal legte sie eine tote Maus vor die Haustür. Einmal hatte Jule sie bei einem späten Heimkommen in einer hellen Mondnacht oben auf dem Dachfirst sitzen sehen. Neben dem warmen Schornstein. Was für ein Bild.

Sie kletterte überhaupt gerne, auch noch in ihrem hohen Alter. Der Abstieg fiel ihr allerdings immer schwerer. Und der Kater von gegenüber machte ihr zu schaffen. Ähnlich getigert wie sie, aber weniger zierlich gebaut. Jung und unerfahren stolperte er durch ihr Revier und fraß auf, was sie übrigließ.

Jule streichelte sie manchmal vorsichtig mit dem Zeigefinger über den Kopf. Viel mehr erlaubte sie auch gar nicht, ihre Krallen waren scharf. Es hatte eine Weile gedauert, bis beide genügend Übung im Umgang miteinander hatten und nicht mehr aneinandergerieten.

Dann kam der Tag, an dem der Tierarzt nichts mehr für ihre Katze tun konnte. Sie starb auf ihrer Decke unter der Küchenbank, nachdem Jule sich wie immer ins Bett verabschiedet hatte, mit weicher tiefer Stimme, die Tränen kämpfte sie zurück. Auch darin hatte sie Übung.

DIE SACHE MIT DEM SCHLÜSSEL

Jule wusste, was ihre Mutter von ihr erwartete. Neben dem 12 Uhr Anruf jeden Sonntag galt es, sie regelmäßig an den Wochenenden zu besuchen und einmal im Jahr mit ihr zu verreisen. Die letzte gemeinsame Unternehmung sollte nach Neapel gehen. Jule hatte sich die Route grob angesehen und mindestens zwei Übernachtungen eingeplant. Sie würde fahren, aber mit dem Wagen ihrer Mutter.

Erster Stopp kurz hinter Würzburg. Salat, Brezel, Kaffee, Paracetamol, Klo. Weiter bis Füssen, erste Zwischenübernachtung. Am nächsten Morgen Aufbruch gleich nach dem Frühstück um acht Uhr. Jule wundert sich, dass die Mutter den Autoschlüssel abends an sich genommen hat, um ihn in ihrer Handtasche aufzubewahren. Einen Zweitschlüssel gibt es mysteriöserweise nicht. „Verlorengegangen", sagt die Mutter. Jule glaubt ihr nicht. Am nächsten Tag geht es über die Alpen. Beide sind nicht schwindelfrei. Sie fahren bevorzugt durch die Täler Österreichs, auch wenn dies ein Umweg ist. Erstaunen, dass sie es am zweiten Tag gerade einmal bis in die Po Ebene schaffen.

Zwischenübernachtung auf der Höhe von Alessandria, wieder das Schlüsseldebakel. Am frühen Nachmittag des nächsten Tages erreichen sie die Badeorte an der Westküste. Jule hat keine

Lust mehr, weiter in den Süden zu fahren. Der Mutter ist es egal. Das Wichtigste ist ihr, mit der Tochter zusammen zu sein. Von deren Groll wegen der Schlüsselentmündigung bekommt sie offenbar nichts mit.

In einer Familienpension ist ein Doppelzimmer frei. Jule hätte lieber ein Einzelzimmer gehabt, ist aber zu müde, um zu widersprechen. Der Schlüssel wandert erneut in die Handtasche der Mutter. Die hat Rückenschmerzen, Körperhaltung und Gesichtsausdruck sind unmissverständlich. Für Jule heißt das: Nur kein falsches Wort jetzt. Trotz allem mühen sich die beiden zum Strand, nur mal schauen, gehört doch dazu.

„Neapel, hat sich dann also erledigt." „Kein Problem. Alles gut." Die Stimmlage Mutter lässt sich nicht einordnen. Vor ihnen der Strand. War nicht weit, aber sie müssen zu dem öffentlichen weiter rechts, der hier gehört zu einem Hotel. Die Mutter macht Fotos, Jule schafft ein schiefes Lächeln. Nach zwanzig Minuten brechen sie wieder auf, Abendessenzeit. Auf dem Weg zurück schwingt Jule den Sonnenschirm wie ein Tambourmajor neben sich her und zwingt so die Mutter, hinter ihr zu bleiben. Der Gehweg ist sehr schmal.

Ihre Reisetaschen stehen noch halb ausgepackt auf dem Boden. Von einer Balkonecke aus ist das Meer zu sehen, man muss sich allerdings ziemlich weit vorlehnen. Der Mutter wird schwindelig, sie gehen runter in den kleinen Speiseraum. Die Besitzerin kocht selbst und setzt sich nach dem Essen zu den beiden an den Tisch. Wie so oft ist Jule erstaunt über die Sympathie, die ihrer Mutter von wildfremden Menschen entgegengebracht wird. Die Frauen verabreden sich für den nächsten Tag. Jule bittet um den Autoschlüssel. Sie möchte in die Berge fahren. Die Mutter findet das zu gefährlich und besteht auf Jules Begleitung. Der Rest des Urlaubs gestaltet sich überwiegend aus Unternehmungen zu dritt. Wenn Jule ohne die Mutter aufbricht, muss sie ein Zeitfenster angeben, das Ziel benennen, auch begründen.

Der Autoschlüssel bleibt in der Handtasche der Mutter. Jule geht zu Fuß. Sie ist immer pünktlich zurück. Auf ihren Wegen führt sie imaginierte Dialoge. Am liebsten wäre sie nachts unterwegs und würde Gartenzwerge sortieren. Wie damals, lange her. Illusorisch. Sie hat ja nicht einmal ein eigenes Zimmer. Ihre Mutter wäre einer verbalen Auseinandersetzung überhaupt nicht gewachsen, war sie noch nie. Wie oft schon hatte Jule die Schuld getragen an ihren Nervenzusammenbrüchen.

Jule trifft eine Entscheidung. Sie wird nicht mehr mit ihrer Mutter verreisen. Es reicht, wenn sie ihr das beizeiten sagt. Nicht sofort.

Das Schicksal meinte es sowieso anders. Ihre Mutter musste ins Krankenhaus. Das Karzinom wurde ohne weitere Komplikationen herausoperiert, keine Metasthasen, keine Chemotherapie. Das Problem war vielmehr die Vollnarkose, die zu einer schweren geistigen Verwirrtheit geführt hatte. Es erfolgte eine Ruhigstellung mit hochdosierten Psychopharmaka sowie die Verlegung in eine Nervenklinik. Jule erkannte ihre Mutter kaum wieder. Sie saß auf ihrem Bett und ließ die Füße baumeln. Sie strahlte wie ein junges Mädchen. Sie freute sich über den mitgebrachten Italien Reiseführer und die Rose aus dem Garten. Ihr war klar, dass man sie in einer Anstalt festhielt. Die Türen waren verschlossen. Sie konnte nicht mehr fliehen. Zuvor, im Krankenhaus, war es ihr zweimal gelungen. Barfuß, im Nachthemd. Man hatte sie beide Male unversehrt wieder einfangen können. Nun fragte sie nach, ob Jule für die Einweisung verantwortlich sei. Jule verneinte wahrheitsgemäß und sah in ihre Augen. Ob die Mutter ihr glaubte, war nicht auszumachen. Aber das war oft so.

Am nächsten Tag wurde sie von einer Ärztin angerufen und gefragt, ob lebensverlängernde Maßnahmen eingeleitet werden sollten, was sie sofort verneinte. Erst nachdem sie aufgelegt hatte, begriff sie, dass ihre Mutter starb. Die Nachricht vom Tod kam wenig später und riss ihr den Boden unter den Füßen weg.

Jule ging auf Spurensuche. Sie fand Fotografien von fremden Männern. Keine Adressen. Einer rief an. Er weinte und erzählte vom Lebenshunger der Mutter. Ein anderer hatte ihr ein Taschentuch geschenkt. Auf der Verpackung stand: „Für deine Tränen". Jule erfüllte es mit Genugtuung, dass die Mutter offensichtlich auch bei anderen Trost gesucht hatte. Dennoch: Männer in ihrem Leben hatte sie allenfalls beiläufig erwähnt. Jule hätte doch nachgehakt. Es wäre doch eine gute, eine entlastende Nachricht gewesen. Was für ein Spiel hatten Mutter und Tochter nur gespielt? So viele Diskussionen, so viele Auseinandersetzungen, Türen waren zersplittert, Abschiedsbriefe wurden geschrieben und wieder zerrissen. Sie hatten sich immer nur im Kreis gedreht. Auch Gespräche der gegenseitigen Vergewisserung hatte es gegeben, auch geteilte Freude, ohne bewusste Verstellung, aber es schwang diese Verlegenheit mit, da stimmte was nicht.

Überall im Haus waren die Beruhigungstabletten der Mutter zu finden. Die kleinen Döschen standen im Geschirrschrank, im Badezimmerschrank, im Schuhschrank, sie lagen in einem Blumentopf, verbargen sich hinter Sofakissen und klemmten in der Ritze des riesigen Doppelbettes. Die Seite, auf der vor mehr als zwanzig Jahren der Vater geschlafen hatte, war sorgfältig abgedeckt.

Welcher Arzt hatte der Mutter diese Mengen verschrieben? Erklärte das ihre chronischen Magenbeschwerden? Wann hatte es angefangen? In ihrer Jugend schien ein erfülltes Leben zum Greifen nahe. Sie hatten den Krieg überstanden. Dreimal ausgebombt, Juden versteckt, Leichenberge auf Lastern gesehen, aber überlebt. Das Heulen der Sirenen, die Stimmen der Russen, die die Toilette zerschossen. Warum, wusste sie nicht mehr. Es war vorbei.

Sie hatte inzwischen die höhere Schule geschafft, war eine überaus erfolgreiche Schwimmerin und gab zusammen mit ihrer Lehrerin Klavierkonzerte. Und sie sah aus wie Ava Gardner, sie war eine Schönheit. Die Siegermächte gaben Berlin ein nie dagewesenes Flair. Partyfotos, Zigarette in der einen Hand, Sektglas in der anderen. Roter Lippenstift nachkoloriert und Papphütchen auf dem Kopf. Man liegt sich in den Armen, tanzt Polonaise, macht Albernheiten für das Blitzlicht. Anderes Foto: Die Mutter ausgelassen mit Freundinnen, in selbst genähten taillierten Kleidern, Söckchen und Schuhen mit Absätzen.

Sie arbeitete damals in der Apotheke des britischen Militärhospitals. Einer der Ärzte überhäufte sie mit Komplimenten. Sie heirateten. Er wollte sie mit nach Indien nehmen und seinen

Eltern vorstellen. Er wusste gutes Essen zu schätzen und ging gerne mit ihr ins Kino. Sie saßen in Gartenlokalen und tranken Berliner Weiße, gingen an der Havel spazieren und fütterten Schwäne. In seiner Nähe war sie ausgelassen, bewarf ihn mit Schneebällen. Das Glück war wieder einmal zum Greifen nahe. Jedoch: Sie folgte ihm nicht, wie es sich für die Ehefrau gehört hätte. Er war in ein britisches Militärhospital in Nigeria versetzt worden. Viele Jahre später fragte Jule nach und immer gab es dahingemurmelten Ausflüchte, wie damals mit dem Puppen-haus.

Dann lernte sie Jules Vater kennen. Der schmiss alle Bücher, in denen auf der ersten Seite der klangvolle Name seines Vorgängers mit dunkler Tinte und schwungvoller Schrift eingetragen war, in den Kamin. Neues Glück. Nach einem Jahr die Hoch-zeit, gleich nach der Scheidung von dem anderen. Nach einem weiteren Jahr wurde Jule geboren und die Mutter erkrankte schwer.

Nach deren Tod tauchte Jules Vater wieder auf. Sie verschwen-deten keine Zeit mit wechselseitigen Vorwürfen. Er half ihr Mosaiksteine zusammenzusetzen, sie rätselten gemeinsam über Vergangenes. Machten lange Hundespaziergänge durch den an sein Haus angrenzenden Wald. Wenn sie heimkamen, setzte seine neue Frau Tee auf und sie saßen zu dritt im Garten und plauderten noch ein wenig.

ICH PUTZE, ALSO BIN ICH

Jule musste ins Krankenhaus. Es blieb rätselhaft, weshalb ihre inneren Organe versagte. Dennoch: Die Antibiose gelang. Nach sieben Wochen wurde sie entlassen. Das Taxi hielt exakt vor ihrer Wohnungstür, den Schlüssel hatte sie schon während der Fahrt griffbereit gehabt. Im Treppenhaus roch es nach Essigreiniger, ihre Nachbarin von gegenüber hatte gewischt. Es war Montag. Die Post, die sie ihr nicht ins Krankenhaus gebracht hatte, lag wie besprochen auf dem Küchentisch. Gut, eine so zuverlässige Nachbarin zu haben. Gut auch, dass sie es bei einem zwanglosen Nachbarschaftsverhältnis belassen hatten. Die heftigste Offenbarung, die sich Jule je geleistet hatte, war damals die Angst um den Vogel gewesen, der ja dann gar keiner war.

Jule fühlt sich fremd in ihrer Wohnung. Sie öffnet die Fenster, dreht die Heizung auf, wirft den Inhalt ihrer Reisetasche auf die Couch. Im Kühlschrank findet sie Milch, Butter, Käse und Brot. Sie wird nachher rübergehen und sich bedanken. Ein Geschenk hat sie schon in der Ladenzeile des Krankenhauses erstanden, völlig überteuert, aber hübsch, so eine Art Mobile.

Jule will duschen. Sie findet Natronpulver und eine Bürste mit festen Borsten, die gut in der Hand lag. Ihr Vater hat sie ihr mitgegeben zur Reinigung der Felgen. Sie ist noch unbenutzt.

Ihr ist klar, weshalb sie jetzt nicht duscht. Sie wird zunächst die Dusche putzen müssen. Im Vergleich zu der Krankenhausdusche ist diese hier schmuddelig, wahrscheinlich handelt es sich sogar um giftigen Schimmel. Sie stellt das Radio an, rührt das Pulver mit etwas Wasser in einer großen Plastikschale zu einem cremigen Brei und zieht sich T-Shirt und Jogginghose an. Sie beginnt mit systematischen Kreisbewegungen in der oberen linken Ecke. Es funktioniert, die Zwischenräume werden heller.

Sie schrubbt waagrecht, senkrecht, im Kreis und wischt in regelmäßigen Abständen mit einem sauberen Lappen nach. Sie arbeitet sich langsam vor, von links nach rechts, von oben nach unten. Die Zeitansage im Radio unterbricht sie für einen kurzen Moment. Sie spürt ihre Schwäche und macht weiter. Das Telefon klingelt. Sie geht nicht ran. Stippen, schrubben, stippen, schrubben. Zweimal stippen, fünfmal schrubben, insgesamt bis sieben zählen, Glückszahl, gut. Zweimal wischen, zählt nicht. Wegen der Sieben. Völlig legitim. Auf Englisch zählen, auf Französisch, auf Italienisch, auf Spanisch. Nette Abwechslung. Trocken nachwischen. Jule holt sich zwei frische Geschirrhandtücher. In dem Moment klingelt es an der Tür. Sie zögert kurz.

Macht dann aber doch nicht auf, sondern geht wieder ins Bad. Sie hat keine Schuhe an, man kann sie nicht hören. Sie wird sich heute noch bei der Nachbarin melden. Jetzt passt es nicht. Sie muss sich konzentrieren und will den Erfolg genießen, ganz bewusst.

Nicht wie ihre Mutter früher, die zwanghaft jeden Montag das ganze Haus auf den Kopf stellte, obwohl es gar nichts zu putzen gab. Jule spürt die Nähe zu ihrer Mutter. Wie hat sie die Blauen Montage gehasst. Den Staubsaugerlärm, den kalten Durchzug, die abgezogenen Betten, die Mutter in Lockenwicklern, völlig absorbiert. Jule hätte tot umfallen können, ihre Mutter hätte es nicht gemerkt. Wie damals, als sie kopfüber von der Turnstange gerutscht ist. Jule wird schwindelig. Sie fängt sich wieder und macht weiter. Es wird dunkel, sie arbeitet nun bei künstlichem Licht. Sie ist zufrieden, es geht ihr gut, sie ist gesund, sie ist zuhause, sie wird leben.

DARÜBER SPRECHEN WIR NICHT

Sie organisiert den Geburtstag ihres Vaters. Die Stiefmutter ist tot, der Vater lebt in einem Pflegeheim. Die Verwandtschaft der Stiefmutter drängt auf eine Familienzusammenkunft. Jule fügt sich. Sie bucht einen Tisch für achtzehn Personen, ordert ein mediterranes Büffet, schreibt die Einladungen, stimmt ihren Vater vorsichtig ein. Seit dem Tod der Liebe seines Lebens hat er sich sukzessive aus dem Leben verabschiedet. Jule weiß nicht immer, wieviel er begreift von dem, was sie ihm erzählt. Er lässt sich von ihr im Rollstuhl durch den Park fahren. Sie setzt sich auf eine Bank neben ihn. Er sieht sie an, sie erwidert sein Lächeln. Sie schauen gemeinsam in das Schilfgras, der See ist kaum zu erkennen.

Dann der große Tag: Es ist sonnig und mild. Man trifft sich vor dem Restaurant, weit genug weg von Jules Wohnung. Das Patiententaxi ist als erstes da, Jules Vater wird im Rollstuhl an den Kopf der Tafel gefahren. Jule dankt den beiden Pflegern. Nach und nach treffen sie ein, Verwandte und Freunde aus dem Leben, das der Vater mit seiner Frau geführt hat. Einige hat Jule nach dem Tod ihrer Mutter kennengelernt. Oberflächlich, und so fallen auch die Begrüßungen aus. Worüber man spricht, ist belanglos. Gut so. Die englische Verwandtschaft ist in England geblieben. Besser so. Deren Gesichter wecken beim Vater Erinnerungen, die Jule jetzt gar nicht handhaben könnte. Dass er auf die Nennung des Namens seiner verstorbenen Frau keinerlei Reaktionen zeigt, führt zu enttäuschten Gesichtern bei den Gästen. Aber darüber sprechen wir heute nicht.

Auf der Beerdigung der Stiefmutter war er noch hellwach gewesen. Nach der Trauerfeier hatte Jule ihn zur Rede gestellt. In der Trauerrede war sie mit keinem Wort erwähnt worden und im Anschluss offenbarte sich, dass zahlreiche Trauergäste nicht einmal von der Existenz seiner einzigen Tochter wussten.

Den Vorwurf nahm er mit Bedauern zur Kenntnis. Jules Verletztheit hing im Raum. Sie hatte auch keine Idee davon gehabt, wie eine längere Aussprache hätte aussehen können. Sie hat ihm einfach verziehen. Die vielen Jahre der Totenstille zwischen Vater und Tochter hatten beide eigentlich nicht gewollt, es war einfach passiert. Sie sprachen nicht weiter darüber, sie lebten mit dieser Variante.

Jule hält eine perfekte Begrüßungsrede, geübt durch ihre Informationsabende und Elternversammlungen in der Schule. Dezenter Applaus. Freundliches Kopfnicken. Sein anerkennendes Lächeln. Seine Augen kann sie nicht sehen, die Brillengläser reflektieren die Sonnenstrahlen. Seine Ruhe und Gelassenheit erinnert sie an früher.

Kleingeschnittenes Hähnchen, Kartoffeln, Soße. Kein Problem.
Alle sind mit ihrem Essen beschäftigt und beachten ihn kaum.
Jule spürt, wie sie sich zunehmend entspannt. Tante Elsbeth
mit der glänzenden Knollennase sitzt ihr direkt gegenüber. Sie
hat die Ellenbogen dicht am Körper und schneidet weichgeba-
ckene Auberginen in kleine Häppchen, die sie leise grunzend
kaut. Henry mit seinem rot geäderten Gesicht sitzt neben ihr.
In eine Gesprächspause hinein und bestellt er mit rasselnder
Stimme einen Whiskey oder Grappa, egal, Hauptsache was Gutes für den Magen nach dem ganzen Essen, aber bitte einen
doppelten. Jule bemerkt die Spannungen zwischen den beiden.
Elsbeths unausgesprochener Ärger macht ihn zum Alkoholi-
ker. Er ist tatsächlich der einzige, dem die Getränke auf dem
Tisch nicht reichen.

Jule wird jäh aus ihren Überlegungen gerissen. Der scharrende
Stuhl, das Räuspern, das Verstummen der Tischgespräche. On-
kel Günter hält seine Geburtstagsrede, aus dem Stegreif, leider.
Er findet kein Ende, lacht am lautesten über seine vermeintli-
chen Witze, selbstgefällig. Gesenkte Blicke, dann wieder Ni-
cken, eingefrorenes Lächeln, suchende Blicke, sich bei den anderen vergewissernd. Schließlich Applaus. Ausatmen. Jules
Vater sehr souverän. Er bedankt sich freundlich und erinnert
an die Nachspeise. Die unzähligen Geschäftsessen überall auf
der Welt haben ihn geschult. Understatement liegt ihm

ohnehin, auch im Rollstuhl. Jule ist stolz. Wie früher. Aber darüber spricht sie nicht.

Nach dem Espresso wird der Ruf nach einem Spaziergang in den angrenzenden Grünanlagen laut. Allgemeines Einverständnis, Unruhe. Aus dem Augenwinkel sieht Jule das Davonhuschen der Nichte, deren eklatantes Untergewicht auch den anderen aufgefallen sein müsste. Wahrscheinlich landet das gesamte Essen in der Kloschüssel. Auch darüber sprechen wir heute nicht. Jule löst die Bremsen vom Rollstuhl, ihr Vater streichelt kurz über ihre Hand. „Be good", er spricht in letzter Zeit immer häufiger auf Englisch mit ihr.

SPRACHLOS

Zum Schluss hat ihr Vater gar keine Worte mehr. Jule streichelt über seine Schulter. Haut und Knochen. Auch ihr fällt es schwer zu sprechen. Beide sind geduldig. Jule spürt, wie die schwarzen Hunde kommen. Sie hält sich an den Griffen des Rollstuhles fest und konzentriert sich auf die Gegenstände im Raum. Eine Gardine bewegt sich leicht im Wind. Jule geht hin und schließt das Fenster. Sie verabschiedet sich und tritt den Heimweg an.

Es ist nicht weit bis nach Hause. Zu Fuß gut zu schaffen. Besser als mit dem Fahrrad. Nur keinen Unfall riskieren.

Einsetzender Regen, sie wickelt sich ihr Tuch um den Kopf. Sie denkt an die Queen und an ihre Mutter und daran, dass es Frauen, die sich ihr Kopftuch unter dem Kinn knoten, gar nicht mehr gibt.

Sie geht inzwischen davon aus, dass es Blockaden im Kopf sind, die dazu führen, dass der Boden unter den Füßen schwankt. Den diffusen Ängsten fühlt sie sich ausgeliefert, aber auf die konkrete Furcht vor einem Sturz kann sie reagieren:

Fokussieren, atmen. Geht vorbei. Die lockeren Gehwegplatten kennt sie schon.

Die schwarzen Hunde ziehen sich zurück, es bleibt das Gefühl, das sie weinen macht. Churchills Hunde sind ein Hilfskonstrukt für das Unaussprechliche. Sie hat keine Worte für das, was ihr da widerfährt. Es kommt fast jeden Tag. Ohne erkennbaren Grund. Ein ungebetener Gast. Das Ende von etwas.

Jule geniest das Heimkommen. Sie mag ihre Wohnung, freut sich auf ihr Bett. Sie liebt den goldenen Lichtkegel, den die kleine blaue Nachtischlampe auf das Holz ihres Nachttisches wirft. Sie wird noch ein wenig lesen, einschlafen, hoffentlich nicht träumen. Der Unterricht für morgen steht. Sie ist eine routinierte Lehrerin, aber sie lässt sich auch gerne Spielraum für Überraschungen. Unter jungen Menschen zu sein, ist ein Geschenk, gibt ihr die Sprache zurück.

Das Bild von ihrem Vater begleitet sie bei all ihren Abendtätigkeiten. Sein hilfloser Blick, sein zaghaftes Lächeln, das Halten der Tasse bereitet ihm Mühe. „Be good", ganze Sätze gelingen ihm nicht mehr.

Sie ist sein einziges Kind. Das Kind von der Frau, die er verlassen hat. Sie war die Tochter, die ihm nacheiferte, die sich freute, wenn er heimkehrte von seinen Geschäftsreisen, die gerne in seiner Nähe war, die es genoss, wenn er sich an ihr Bett setzte, sie noch ein bisschen redeten, er ihr ein Gutenachtlied vorsang, auch noch als sie schon ein Teenager war. Sie liebte den Duft seiner Pfeife und die Ruhe, die sich ausbreitete, wenn sie lange Spaziergänge über weite Felder machten.

Von einem Tag auf den anderen hatte er damals seine Habseligkeiten zusammengepackt und war ausgezogen. Lange her. In seinem neuen Leben schien er glücklich gewesen zu sein. Jule setzte Bruchstücke zusammen, er konnte ihr nicht mehr dabei helfen. Das Bild ihrer Eltern blieb unvollständig, es schwankte. Ihr Vater starb.

STEHENBLEIBEN

So viele Stöckchen, so viel kleines Geäst auf dem Boden. Es ist windig gewesen in den vergangenen Tagen. Jule bleibt stehen. Kein Knirschen und Knacken mehr. Auch das Rascheln der Jackenärmel verstummt. Ruhe. Sie befindet sich in dem Wald hinter dem Friedhof.

Der Atem wird langsam flacher, die Luft wandert durch die Nase in den Körper. Es riecht nach feuchter Erde und nach Pilzen. Umhüllende Weichheit.

Sie rührt sich nicht von der Stelle, sie schaut nicht zur Seite oder gar hinter sich. Sie schaut geradeaus und kostet den Moment der Bewegungslosigkeit. Sie wird sich nicht anlehnen oder hinhocken, sie ist nicht erschöpft, sie ist hellwach.

Ihre Füße werden breit und flach, sie nehmen den größtmöglichen Kontakt auf, zu dem mit Fichtennadeln übersäten elastischen Boden. Sie steht sicher und sie will auch nicht weg. Natürlich weiß sie, dass sie nicht ewig so stehenbleiben kann.

Es wird finster werden und sie wird sich fürchten. Es wird kühl werden und sie wird frieren. Vielleicht werden die Tiere des

Waldes auf sie aufmerksam werden. Vielleicht nimmt ein Fuchs die Fährte auf, vielleicht sogar ein Wolf.

Er verharrt zunächst zwischen den hoch gewachsenen Stämmen, die gelegentlich leise stöhnen und seufzen. Er schaut zu ihr herüber, aus sicherer Entfernung.

Er sieht Jule an, regungslos, Jule schaut zurück. Ein leichter Wind kommt auf. Das Stöhnen, Seufzen, Knarzen wird lauter. Rascheln, Knistern, Knacken, Jule fühlt sich von Geschäftigkeit umgeben und will heim. Schön wäre es, wenn dort jemand auf sie wartete.

Sie bleibt stehen.